VERWIRRUNG DES HERZENS

Leonora Sasso

Die Entscheidung

Nach einer Vorlage von Maria Venturi

VERLAG

Die Deutsche Bibliothek – CIP-Einheitsaufnahme

Sasso, Leonora:
Verwirrung des Herzens: [TV-Roman; der offizielle Roman zur Serie]/
Leonora Sasso. – Leinfelden-Echterdingen: Dino Verl.
Die Entscheidung / nach einer Vorlage von Maria Venturi. - 1998
   ISBN 3-932268-55-5

*Dieses Buch wurde auf chlorfreies,
umweltfreundlich hergestelltes
Papier gedruckt.*

© 1998 by Dino Verlag GmbH,
Karlsruher Straße 3, 70771 Leinfelden-Echterdingen
Alle Rechte vorbehalten
© 1998 TPI – Victory Children TV Productions
Lizenziert durch Copyright Promotions GmbH
Logo gestaltet durch Uli Klein, Copyright Promotions GmbH
© für die Logos: ZDF
Das Buch wurde auf Grundlage der ZDF-Serie „Verwirrung des Herzens"
(basierend auf einer Vorlage von Maria Venturi) verfaßt.
© by ZDF Enterprises 1998.
Titelfoto: Adriano Giordanella
Umschlaggestaltung: Daniela Kammerer, Augsburg
Satz: Druck Digital! Fleischhauer GmbH, Stuttgart
Druck: Graphischer Großbetrieb Pößneck GmbH, Pößneck
ISBN: 3-932268-55-5

1

Elena öffnete den Kühlschrank und holte eine Flasche Orangensaft heraus. Sie goß zwei Gläser voll und stellte Antonio eines hin. „Möchtest du?"

„Danke." Antonio musterte seine Frau amüsiert. „Du brauchst gar nicht so zu tun", scherzte er. „Man merkt doch schon von weitem, daß du keine Lust zum Arbeiten hast!"

„Mag sein, aber trotzdem kann ich nicht alles liegen- und stehenlassen", erwiderte Elena. „Ich habe schließlich bereits einen Termin für meine Übersetzung."

„Ach, Elena, jetzt gibt es doch keine Probleme mehr", blieb Antonio hartnäckig.

Er war vorbeigekommen, um Elena zu einem Ausflug einzuladen. Aber vorher hatte er noch schnell seinen Computer aufgestellt. Getreu Elenas Zugeständnis, jederzeit vorbeikommen zu dürfen, hatte er sich in der letzten Zeit viel um die beiden Söhne gekümmert und dann so nach und nach ein paar Sachen mitgebracht und „vergessen". Elena hatte ihm noch nicht endgültig erlaubt, nach Hause zu kommen, also versuchte er es auf diese, wie er meinte, unauffällige Weise.

Elena hatte es natürlich längst bemerkt, aber sie schwieg dazu. Antonio gab sich wirklich Mühe, und sie wollte ihm den Spaß nicht verderben. Schließlich hatte sie immer noch die Möglichkeit, einen Rückzieher zu machen.

„Das sagst du!" protestierte Elena, setzte sich an den Tisch und nahm einen Stift zur Hand.

„Mit dem, was ich für meine Romane bekomme, könnten wir doch ganz gut auskommen", behauptete Antonio. „Bei meinem ersten Roman kommen wir kaum mit den Nachauflagen nach, außerdem läuft das Lizenzgeschäft fürs Ausland hervorragend... und dann erscheint auch bald der zweite! Bei den vielen Vorbestellungen liegen wir schon jetzt weit über meinem Vorschuß!"

„Antonio, es geht doch nicht nur ums Geld", entgegnete Elena kühl.

„Nun, ich sage ja nicht, daß du nicht mehr arbeiten sollst", verbesserte sich Antonio schnell. „Allerdings kannst du es dir leisten, nur noch die Aufträge anzunehmen, die dich überzeugen. Du hast also die Freiheit, Übersetzungen auszuwählen, die dir Spaß machen."

Elena hörte nur halbherzig zu. Sie trank von dem Orangensaft, stand auf und trat zum Fenster. Sie zog die Gardine beiseite, sah hinüber zur Villa der Gilberts, und Melancholie überschattete ihre Züge.

Sie fuhr herum, als Antonio ziemlich laut sagte:
„Hörst du mir überhaupt zu?"

„Entschuldige, ich war in Gedanken."

„Das habe ich gemerkt. Also, ich wiederhole: Sobald ich den Computer richtig aufgebaut habe, zeige ich dir, wie man ihn bedient. Du wirst sehen, es ist kinderleicht. Und du ersparst dir damit viel Zeit und Arbeit. Auch, wenn deine irischen Schriftsteller sich noch so oft dagegen aussprechen mögen."

Das war eine Kritik an ihrer neuesten Arbeit. Antonio mochte Irland nicht und die Autoren von dort noch viel weniger. Ihre Weigerung, einen modernen Computer zu benutzen, hielt er für Rückständigkeit. Er konnte einfach nicht begreifen, daß hinter dieser Weigerung nur der verzweifelte Stolz der Iren lag, die nicht zugeben wollten, daß die meisten von ihnen zu arm waren, um sich auch nur den winzigsten Computer leisten zu können. Irische Autoren waren da auch keine Ausnahme, denn viele von ihnen mochten zwar hoch angesehen sein, aber Geld verdienten sie mit ihren literarischen Werken dennoch kaum.

„Du hast schon recht", meinte Elena. Sie schob die Gardine an ihren Platz zurück.

„Bist du verärgert darüber? Du hast so einen merkwürdigen Ausdruck im Gesicht."

„Aber nein, ich bin nicht verärgert. Wie kommst du darauf? Mir spukt nur diese Übersetzung im Kopf herum. Der Termin ist nämlich diesmal entsetzlich knapp..."

„Mach doch wenigstens ein paar Minuten Pause." Antonio griff nach dem Glas mit Orangensaft und hob es hoch, als wolle er damit anstoßen. „Prost! Auf uns beide!"

„Auf uns", stimmte Elena mit ein und tippte kurz an ihrem Glas, ohne es an die Lippen zu führen. Sie war nicht so leicht aufzuheitern.

„Du hast mich überhaupt noch nicht gefragt, weshalb ich den Computer mit nach Hause gebracht habe", schnitt Antonio dann erwartungsvoll ein anderes Thema an.

Elena sah ihn auffordernd an, doch weiter zu sprechen.

„Ich gebe das Atelier ganz auf", erklärte Antonio.

Sie machte ein verdutztes Gesicht. „Aber..."

„Nein, Elena, von jetzt an muß alles anders werden. Wir haben uns genug Dummheiten geleistet." Er sah ihr direkt in die Augen. „Wir beide."

Elena schlug die Augen nieder. Sie war ganz und gar nicht in der Stimmung für ein offenes Ehegespräch, konnte es jetzt aber nicht mehr vermeiden. Antonio würde sich nicht abweisen lassen, so, wie er heute in Fahrt war.

„Mag schon sein, Antonio."

„Paß auf, am Wochenende gebe ich die Schlüssel ab. Ich muß nur noch meine Bücher und einige wenige Sachen abholen."

„Und deine Arbeit?"

„Ich kann auch zu Hause arbeiten. Ich möchte einfach in eurer Nähe sein."

Elena seufzte. „Antonio, hoffentlich verrennst du dich da nicht in ein anderes Extrem. Hier hast du doch keinesfalls die nötige Ruhe. In einer Familie geht es immer rund, ständig braucht eines der Kinder Hilfe... und ich möchte nicht erleben, daß du deswegen einen Tobsuchtsanfall bekommst und mir damit zusätzlich Probleme aufbürdest."

„Das weiß ich, Elena. Ich habe darüber nachgedacht, und ich werde mich arrangieren. Ohne Kompromisse geht es nicht – diese Lektion habe ich wirklich gelernt." Antonio sah sie bittend an.

Elena zögerte immer noch. „Ich weiß nicht, ob es so einfach geht... Wenn, dann muß es endgültig sein, verstehst du? Dann muß Schluß sein mit diesem ständigen Hin und Her."

„Gerade darum geht es mir ja! Ich will Nägel mit Köpfen machen."

„Und Ines?"

„Sie ist nicht mehr Bestandteil meines Lebens, Elena. Sie will das Atelier anmieten, zusammen mit einem Freund... ihrem neuen Freund. Von dieser Seite gibt es für dich keine Unsicherheit mehr, nie wieder!" Antonios Tonfall wurde beschwörend. „Ich bitte dich ja nicht gleich darum, wieder mit mir zusammenzusein und so zu tun, als wäre nie etwas gewesen... aber nur so können wir feststellen, ob wir noch eine Chance haben. Und dann, vergiß Pietros Adoption nicht! Die Chancen stehen doch um so besser, wenn Pietro auch einen Vater hat."

Elena spielte erneut mit dem Stift in ihrer Hand. „Das kommt alles viel zu überraschend", murmelte sie. „Du hättest mich doch vorher fragen können."

„Aber ich frage dich jetzt, Elena!" rief Antonio. „Wenn du nein sagst, packe ich meinen Computer wieder ein und..." Er sprach den Satz nicht zu Ende, sondern sah sie auffordernd an.

Elena war hin- und hergerissen. Andererseits, welches Risiko ging sie schon ein? Sie hatten sich immer gut verstanden und sich seinerzeit auch nicht im Streit getrennt. Eigentlich hatten sie sich nie richtig getrennt. Es war vielleicht unfair, aber möglicherweise lag darin momentan auch ihre einzige Chance, ihren Liebeskummer zu überwinden. Denn obwohl sie Michael so ablehnend begegnet war, litt sie immer noch wie ein Tier. Erst recht jetzt, nachdem Maria das Kind verloren hatte. Für einen Moment war da ihre Hoffnung wieder aufgeflackert, und sie hatte sich selbst eine Närrin gescholten.

Sie mußte endlich aufhören, an Michael zu denken. Sie mußte ihr Leben ordnen und neu anfangen. Da war Antonio, den sie immerhin einmal geliebt hatte. Vielleicht konnte sie das ja wieder lernen.

„Bitte, laß es uns versuchen", flehte Antonio.

Es war ihm bitterernst. Vielleicht hatte er sich nach seinem Auszug tatsächlich gewandelt. Er hatte für mehr als ein Jahr all das getan, wonach er sich so sehr gesehnt hatte, und war kläglich gescheitert.

Seit er sich mit Marco ausgesprochen und versöhnt hatte, war er ohnehin wie ausgewechselt. Und den beiden Jungen würde es guttun, wieder einen Vater zu haben, mit dem sie „Männergespräche" führen konnten. Gerade bei Heranwachsenden war das ja so wichtig.

„Wir werden sehen", sagte Elena. Das war zwar keine offizielle Zustimmung von ihrer Seite, aber auch kein deutliches Nein.

Antonios Augen leuchteten auf und schlagartig war auch ihre eigene Trübsal wie weggeblasen.

„Jetzt laß mich aber endlich arbeiten!" sagte sie drohend, aber mit einem Lachen in den Augenwinkeln. Sie nahm energisch das Manuskript zur Hand und vertiefte sich demonstrativ darin.

Antonio deutete auf den Computer. „Soll ich dir nicht zuerst zeigen, wie..."

„Antonio!" mahnte sie.

„Schon gut, schon gut!" Lachend floh er aus der Küche; gerade rechtzeitig, um das Klingeln des Telefons zu hören. „Ich geh' dran!" Er hob ab und

11

meldete sich. Sofort verwandelte sich sein Gesichtsausdruck, als er die weibliche Stimme am anderen
Ende erkannt hatte. „Ines", sagte er finster, „ich hatte
dich doch ausdrücklich gebeten, nicht hier anzu-
rufen!"

„Aber ich wollte mich bei dir entschuldigen." Ines'
Stimme hatte einen fast flehenden Tonfall. Aber er
ließ sich davon nicht beeindrucken. Er kannte ihre
Spielchen mittlerweile gut genug.

„Es gibt nichts zu entschuldigen", sagte er kurz angebunden.

„Bitte, leg nicht auf! Hör mich doch erst einmal an!"

„Na schön, was willst du?"

„Ich habe mich gerade entschuldigt", sagte Ines mit
gekränkter Kleinmädchenstimme. „Du könntest doch
ein wenig freundlicher zu mir sein, immerhin haben
wir..."

„Ines, das hat doch alles keinen Sinn", unterbrach
Antonio unwirsch. „Ich habe versucht, mit dir zu
reden, aber nur Vorwürfe gehört. Jetzt ist es zu spät.
Die Entscheidung ist gefallen."

Ines schluchzte. „Hast du mich denn nie geliebt?"

„O doch, Ines", antwortete Antonio aufrichtig. „Ich
habe dich geliebt – deine Jugend, deinen Elan, deine
Schönheit. Aber ich lasse mich nicht auffressen."

„Das könnte ich doch ändern! Warum gibst du
mir nicht eine Chance dazu? Das ist einfach nicht
fair!"

„Ich habe mich anders entschieden. Ich habe eingesehen, daß es keinen Sinn hat... Liebe allein
genügt nicht."

„Du Schwein!" schrie Ines. „Du hast mich nur
benutzt! Jetzt, da du mich nicht mehr brauchst, wirfst
du mich einfach weg!"

Antonio ließ sich immer noch nicht aus der
Ruhe bringen. Das Mädchen nervte ihn nur
noch, und er konnte gar nicht mehr verstehen,
was er einst für sie empfunden hatte. Sie war
damals so anders gewesen – nicht die Furie, zu
der sie sich in den letzten Wochen entwickelt
hatte. Sie war eifersüchtig auf alles und jeden gewesen, sogar auf seinen Verleger. Überall wollte
sie mit dabeisein und sich in den Vordergrund
drängen als diejenige, ohne die er nichts war. Sie
hatte die genaueste Kontrolle über jede seiner Hand-
lungen verlangt. Und wenn er ihrem Willen nicht
nachkam, wurde sie bösartig, zerschlug Gegenstände
oder schleuderte ihm Haßtiraden entgegen, die ihr
hübsches Gesicht zu einer häßlichen Fratze verzerr-
ten. War es seine Schuld, daß sie so geworden war?
Immerhin war sie noch jung, und er mehr als doppelt so alt.

Nein, sagte sich Antonio. Das ist ihr Charakter,
dafür kann ich nichts!

„Ines, wenn du dich so im Ton vergreifst, ist das
Gespräch hiermit beendet", sagte er kalt.

„Nein! Verzeih, bitte!" Sie nahm sofort wieder die flehende Kleinmädchenstimme an. „Es tut mir leid, aber... es geht mir nicht gut. Ich... ich kann nicht ohne dich sein."

„So? Und was ist mit Carlo, deinem fabelhaften neuen Freund? Er hatte sich doch bereits im Atelier eingenistet, noch bevor ich ganz draußen war!"

„Aber da ist doch gar nichts! Das habe ich doch nur getan, um dich zu ärgern..."

Antonio seufzte. „Ines, das ist mir vollkommen gleichgültig. Ich will nichts mehr davon wissen."

Sie stieß einen klagenden Laut aus. „Aber..."

„Ein für alle Mal, Ines: Ruf mich nicht mehr an, verstanden? Nie wieder!" Diesmal ließ er sich nicht abhalten und legte den Hörer rasch auf. Einige Sekunden wartete er ab, ob sie noch einmal anrief, doch es blieb alles still.

Erleichtert stand Antonio auf. Er schielte zur Küche hinüber, um festzustellen, ob Elena etwas von dem Telefonat mitbekommen hatte. Doch sie arbeitete konzentriert; das sah er deutlich an den Denkfalten auf ihrer Stirn und ihrem starren, auf das Manuskript gerichteten Blick. Sie ließ eifrig den Stift über das Papier wandern.

„Elena, ich habe keine Lust, den schönen Tag zu verplempern", rief er zu ihr hinüber. „Ich mache ein paar Besorgungen. Bis später!"

Sie schien ihn nicht zu hören. Vergnügt griff er nach seiner Jacke, überprüfte, ob er den Geldbeutel einstecken hatte, und verließ beschwingten Schrittes das Haus.

Michael öffnete vorsichtig die Tür zu Marias Schlafzimmer.

„Komm nur herein", hörte er ihre leise Stimme. „Ich bin wach."

Er trat ein und ging langsam zum Bett hinüber. Maria war zugedeckt und hatte ihre Augen mit dem Arm abgeschirmt.

„Kann ich etwas für dich tun?" fragte er leise.

Seit seiner überstürzten Rückkehr aus New York hatten sie kaum miteinander gesprochen. Maria hatte tief geschlafen, als er am Nachmittag nach dem schrecklichen Telefonanruf eingetroffen war, und er hatte an ihrem Bett gewacht, bis sie zu sich gekommen war. Sie hatte ihn zuerst verwundert angeblinzelt und dann weinend die Arme um seinen Hals geschlungen. Er hatte einfach nicht gewußt, was er sagen sollte. Alles, was ihm eingefallen war, waren leere Phrasen. Er versicherte ihr immer wieder, daß es ihm leid tat; aber das war ja selbstverständlich. Schließlich war es auch sein Kind gewesen, das Maria verloren hatte. Ihm war kein tröstendes Wort eingefallen, also hatte er sie nur fest an sich gedrückt.

15

„Nein, nichts", antwortete sie. Sie stützte sich mit den Armen ab und richtete sich etwas auf.

„Nimmst du die Medikamente, die Stefania dir dagelassen hat?"

„Michael, sei nicht dumm. Was sollen da Medikamente helfen?"

Er nickte kummervoll, setzte sich an den Bettrand und streichelte ihre Hand. „Wir müssen lernen, damit zu leben." Das „wir" betonte er absichtlich. Maria sollte wissen, daß nicht nur sie litt, sondern auch er. Das sollte sie einander näherbringen – und außerdem mußte sie wissen, daß seine Gefühle ihr gegenüber keineswegs abgestumpft oder kalt waren.

„Sei mir nicht böse", flüsterte sie.

Erstaunt sah er sie an. „Warum sollte ich dir böse sein? Es ist doch nicht deine Schuld. Niemand kann etwas dafür..."

Maria drehte den Kopf zum Fenster, und ihr Blick verlor sich in weiter Ferne. „Wie kannst du da so sicher sein?"

Michael runzelte die Stirn. „Worauf willst du hinaus?"

Ihre Augen schwammen plötzlich in Tränen. Nervös knetete sie die Finger. „Ich meine, es ist... wie eine Strafe... eine Art Vergeltung..."

„Du redest Unsinn", unterbrach er sie streng. „Mit solchen Selbstvorwürfen machst du alles nur noch schlimmer, begreifst du das denn nicht?"

16

Als sie ihn ansah, rannen Tränen aus ihren jetzt trüben Augen, die in glücklichen Momenten in einem herrlich leuchtenden Blau, der Farbe des Sommerhimmels, erstrahlten. Doch diese Momente waren in letzter Zeit zunehmend seltener geworden. „Ich muß einfach immer daran denken", flüsterte Maria bitter, „daß es meine Schuld sein könnte... weil ich nicht so recht wußte, ob ich mich über dieses Kind freuen soll..."

Michael fühlte sich ganz hilflos angesichts dieses Geständnisses; und wie meistens in solchen Augenblicken reagierte er unwirsch und eher abweisend. „Das lag an der Situation, Maria. Das hat aber nichts damit zu tun, daß..."

„Und wenn doch?" rief sie gequält. „Stefania hat von Anfang an zu mir gesagt, daß ich aufpassen muß, weil ich durch die vielen Tabletten gefährdet bin!"

„Hast du denn in der letzten Zeit welche genommen?"

„Michael, sei nicht so naiv! Natürlich nicht!" Sie wirkte echt empört. „Du weißt doch genau, wann ich damit aufgehört habe! Und denk nur nicht, ich hätte deine mißtrauischen, beobachtenden Blicke nicht bemerkt! Habe ich dein Vertrauen etwa mißbraucht?"

„Nein", gab Michael peinlich berührt zu. Sie kannten sich eben schon zu lange. Er hätte sich darüber im klaren sein müssen, daß Maria seine heimliche Überwachung nicht entgehen würde!

„Ich habe das auch Stefania gesagt, aber vielleicht hat sie mir nicht geglaubt oder mit dir darüber gesprochen."

„Maria, es tut mir leid. Wir haben uns einfach Sorgen um dich gemacht und wollten jede Möglichkeit ausschließen, die dich in Gefahr bringen könnte. Du weißt, wie es schon einmal um dich stand." Er blieb so sachlich wie möglich.

Sie nickte. „Ja, ich mache euch auch keinen Vorwurf. Ich weiß, daß ihr es aus Zuneigung und Freundschaft getan habt."

„Und du hast Stefanias Rat auch beherzigt, dich zu schonen", fuhr er fort. „Deshalb darfst du dir jetzt keine Vorwürfe machen."

„Vielleicht nicht für die Gegenwart", sagte sie traurig, „aber für die Vergangenheit. Ich kann den Gedanken einfach nicht ertragen, daß es meine Schuld sein könnte, weil ich meinen Körper früher mit dem Gift ruiniert habe..." Sie bedeckte das Gesicht mit beiden Händen und schluchzte bitterlich. „Das ist jetzt die Strafe für meine Taten!"

Michael konnte es kaum mehr ertragen, Maria so unglücklich zu sehen und nicht zu wissen, wie er sie trösten sollte. Doch es half nichts, er mußte sich diesmal dieser Situation stellen. Früher war er einfach gegangen, ins Büro oder auf Dienstreise, und sie hatte angefangen, Tabletten zu schlucken. Sie hatten nie wirklich miteinander geredet und irgendwann hatte es nur noch Streit und Vorwürfe zwischen ihnen gegeben. Soweit durfte er es nie mehr kommen lassen – nicht nach allem, was seither geschehen war. Er hatte inzwischen ja auch am eigenen Leibe erfahren müssen, daß ein Mensch nicht immer perfekt funktionieren konnte. Durch seinen Unfall hatte er sehr viel dazugelernt; doch es war nicht leicht, in dieser Situation die richtigen Worte zu finden.

„Bitte, sag so was nicht", flehte er leise. „Dann trage ich mindestens genausoviel Schuld wie du. Denn nur wegen mir hast du doch damit begonnen, Tabletten zu schlucken. Ich habe dich unglücklich gemacht."

Nein, wir müssen jetzt Schluß machen damit, dachte er verzweifelt. Wir stürzen nur immer tiefer hinab in den Abgrund. Wir müssen diese Krise überwinden, hier und jetzt. „Aber wir dürfen deshalb nicht aufgeben, Maria", fuhr er eindringlich fort. „Wir sind nun einmal Menschen, und Menschen machen Fehler. Wir beide machen beispielsweise den Fehler, zu perfekt sein zu wollen und werden jedesmal eines Besseren belehrt."

Er zog seine Frau in seine Arme. „Was uns widerfahren ist, ist tragisch, doch wir dürfen jetzt nicht in der Trauer verweilen. Wir müssen weiterleben – und positiv denken! Du, mein Schatz, mußt vor allem deine Lebensfreude wiederfinden. Schau... wir haben uns, und wir haben zwei gesunde Kinder. Wir müssen in erster Linie an sie denken, denn sie sind da und brauchen uns. So, wie wir sie brauchen. Sie werden uns helfen, diese Krise zu überwinden."

Maria erwiderte die Umarmung. „Es tut mir leid, Michael", murmelte sie. „Mach dir keine Sorgen, es geht sicher bald vorüber. Gib mir nur ein wenig Zeit..."

Als Elena mit Pietro von der Schule zurückkam, drang sogar noch durch die geschlossene Haustür dröhnender Lärm. Marco hatte im Wohnzimmer einen Synthesizer aufgestellt und hämmerte begeistert auf den Tasten herum. Pietro rannte gleich zu ihm hinüber, während Elena verzweifelt versuchte, sich verständlich zu machen.

„... ZU LAUT!" zerriß ihre Stimme dann schmerzhaft die plötzliche Stille. Marco hatte ihre verzweifelten Gesten endlich verstanden und den Ton abgestellt.

„Das stimmt", lachte Marco, „du kannst wirklich ganz schön laut schreien!"

Elena mußte gegen ihren Willen mitlachen. „Tut mir leid, aber das ist ja nicht zum Aushalten! Wo hast du das Ding nur her?"

„Von Papa!" erklärte Marco stolz. „Keine Sorge, ich nehme es mit ins Studio. Das ist genau das richtige

20

für unsere nächste Tournee! Findest du das nicht auch toll?"

„Na ja... schon..."

„Das will ich doch stark hoffen!" erklang Antonios Stimme hinter ihr.

„Papa!" schrie Pietro. „Und was hast du für mich?"

Der Schriftsteller lächelte. „Geh mal in dein Zimmer."

„Oh, stark!" Der Kleine rannte davon.

Elena starrte ihren Mann verwundert an, doch ihre Augen weiteten sich noch mehr, als er ihr ein Modellkleid in die Arme legte.

„Und das ist für dich", sagte er stolz.

„Oh, äh... danke", stotterte Elena und sank überwältigt auf die Couch. „Was ist denn in dich gefahren? Was hat das alles gekostet?"

„Gefällt's dir etwa nicht?" fragte er enttäuscht.

„Doch, schon... aber... die Kosten..."

„Keine Sorge." Antonio hielt ihr ein Buch hin. „Sieh mal, hier ist der erste Andruck, sozusagen als Leseprobe. Sie haben sich wirklich beeilt, findest du nicht?"

Elena nahm das Buch in Empfang und schlug es auf. „Dein zweiter Roman?"

„Ja." Antonio strahlte. „Und hier", er wedelte mit einem Scheck in der rechten Hand, „sind wieder mal die Tantiemen für meinen ersten Roman. Das ist doch ein guter Anfang, meinst du nicht?"

Elena kam nicht dazu zu antworten, da es an der Haustür klingelte.

Als sie die Tür aufmachte, stockte ihr für einen Moment der Atem. Michael stand vor ihr.

Er sah blendend aus, von seinem Unfall war überhaupt nichts mehr zu sehen. Vielleicht ein paar graue Fädchen mehr in seinen kurzgelockten, dunkelblonden Haaren. Unwillkürlich schlug Elenas Herz schneller, als sie das kurze Aufleuchten in seinen grauen Augen sah – die Freude, sie zu sehen.

Befangen standen sie voreinander, bis Michael endlich den Anfang machte: „Ciao, Elena... hast du einen Moment für mich Zeit?"

Elena war so verdattert, daß sie nur nicken konnte, und ehe sie es sich versah, war Michael bereits eingetreten.

„Wer ist es denn?" fragte Antonio aus dem Hintergrund und Elena drehte sich hastig, wie ein ertapptes Schulmädchen, um.

Eine dumme Reaktion, schalt sie sich selbst, schließlich ist an dieser Situation gar nichts Verfängliches.

Doch das Lächeln gefror auf Antonios Gesicht, als er Michael erkannte. Beide Männer sahen sich unentschlossen an und wieder sprach Michael als erster.

„Hallo, Antonio. Entschuldige bitte die Störung, aber ich muß mit Elena reden... Es ist wirklich wichtig."

22

„Ist etwas passiert?" fragte Antonio.

„Nein, es geht um Maria..."

„Ah", machte Antonio.

Elena, die sich inzwischen wieder gefaßt hatte und die Situation langsam reichlich albern fand, ergriff endlich die Initiative, bevor es noch peinlicher wurde. „Natürlich können wir reden, Michael", sagte sie liebenswürdig. „Ich komme gleich, Antonio!"

Das war ziemlich deutlich. Antonio begriff und verschwand im Wohnzimmer.

Dann waren sie wieder allein, doch der Moment der Befangenheit war vergangen. Michaels Miene war zu ernst.

„Weißt du, es... es geht Maria im Moment nicht besonders gut", fing er an. „Ich wollte dich bitten, dich ein wenig um sie zu kümmern."

„Michael, so etwas brauchst du mir doch nicht zu sagen", meinte sie aufmunternd. „Ich bin immer für Maria da, das weißt du doch."

„Ich bin dir auch unendlich dankbar, daß du bei ihr gewesen bist, als..." Er sprach den Satz nicht zu Ende. „Elena, ich muß wieder mal für zwei Tage weg. Ich kann es leider nicht verschieben, es ist einfach unmöglich. Und Maria ist so weit wieder auf dem Damm, daß ihr körperlich nichts mehr fehlt. Aber seelisch braucht sie dringend Beistand, und ich denke, ich bin nicht der Richtige dafür... Es ist alles nicht so einfach."

„Das verstehe ich", sagte Elena mitfühlend. „Auch bei mir und Antonio ist es momentan nicht einfach..." Das mußte einfach heraus, um die nötige Distanz zu wahren.

Michael sah sie einen Moment schweigend, mit undurchdringlichen Augen an. Dann zuckte in seinen Mundwinkeln auf einmal ein seltsames, schüchternes Lächeln. „Ich wollte dir auch gern einmal guten Tag sagen, wir sehen uns in letzter Zeit ja gar nicht mehr", sagte er. Seine Stimme hatte den weichen Klang angenommen, der Elenas Herz wie stets zum Pochen brachte.

Aber das mußte sie sofort unterbinden. Die Entscheidung war gefallen, es gab keinen anderen Weg mehr. Michael und Maria, Elena und Antonio. So war es bestimmt, und so gehörte es sich.

Elena zeigte ihm ein kurzes Lächeln, blieb aber stumm und verschränkte die Arme vor der Brust.

„Ich wäre froh, wenn du Zeit für Maria hättest", fuhr Michael mit seinem eigentlichen Anliegen fort. „Du kennst sie ja, sie zieht sich immer mehr zurück und behauptet, sie brauche nichts. Aber ich glaube, du fehlst ihr."

„Ich werde sie heute noch anrufen", versprach Elena. „Du kannst unbesorgt wegfahren. Sie wird bestimmt nicht allein sein."

„Darüber bin ich sehr froh. Ich danke dir." Wieder dieses zarte, halbversteckte Lächeln. „Übrigens,

24

Franco Nardi kommt morgen auch. Er wird wohl einige Zeit in Rom zu tun haben."

„Das freut mich, ich habe ihn schon lange nicht mehr gesehen!" entfuhr es Elena.

Der Journalist, der Michael seinerzeit geholfen hatte, seine Firma vor einem Skandal und dem damit verbundenen Ruin zu bewahren, war inzwischen zu einem sehr guten Freund beider Familien geworden. Marco und Carla hatten ihre erste gemeinsame Reise zu ihm nach London unternehmen dürfen und dabei war man sich zwangsläufig nähergekommen.

Michael musterte sie. „Ja, Franco muß man einfach gern haben", meinte er leichthin.

Elena wußte nicht so recht, was sie von dieser Bemerkung halten sollte. Dann erinnerte sie sich, daß Maria Michael einmal eine vermeintliche Liebesszene mit Franco vorgespielt hatte, indem sie den völlig überraschten Mann einfach umarmt und geküßt hatte.

„Er ist ein aufrichtiger und guter Freund", betonte Elena. Bitte keine weiteren Komplikationen, dachte sie. Ich freue mich, wenn Franco kommt, wir werden einen lustigen Abend zu dritt haben, und er hat bestimmt viel von London zu erzählen.

„Ja, darüber bin ich auch froh." Michael nickte. Dann sah er auf seine Uhr. „Ich muß jetzt los. Ich danke dir, Elena. Grüß bitte Antonio. Einen schönen Tag noch!" Er drehte sich abrupt um, öffnete die Tür und ging nach draußen, ohne die Tür hinter sich wieder zu verschließen. Elena war gezwungen, das selbst zu tun. Bevor sie das allerdings tat, sah sie Michael durch den schmalen Spalt hinterher, wie er den Kiesweg entlang zu seinem Haus hinüberging. Er hinkte überhaupt nicht mehr, sein Schritt war federnd, die Haltung aufrecht. Elena wunderte sich nicht, weshalb er so angesehen war. Nicht nur seine Größe und seine breiten Schultern waren imponierend. Selbst auf diese Entfernung besaß er eine anziehende Ausstrahlung. Sogar unter Bettlern, auch wenn er dieselbe schäbige Aufmachung wie diese trüge, wäre er nicht einer von vielen, sondern vermutlich ihr Anführer gewesen. Ein Organisator, der dafür sorgen würde, daß es allen besser ginge.

Jemand wie Michael würde niemals untergehen, dafür war er nicht geschaffen. Er wußte immer einen Weg, und er besaß die wertvolle Gabe, seine Überzeugung auf andere übertragen und sie für seine Ideen begeistern zu können.

Michael erreichte sein Haus, ohne sich noch einmal umgedreht zu haben, was Elena im Grunde ihres Herzens ein bißchen enttäuschte. Sie seufzte und schloß die Tür endgültig.

Als sie sich umdrehte, stand Antonio hinter ihr, und sie erschrak ein wenig. Hatte er sie beobachtet? Wie lange hatte er da schon gestanden? Konnte er jetzt

ihre Gedanken in ihrem Gesicht lesen? Wußte er, daß
er mit jemandem wie Michael niemals konkurrieren
konnte?

„Ich habe angefangen, das Essen vorzubereiten",
sagte er. „Kommst du?"

Elena lächelte. „Natürlich, sofort."

Als sie zur Küche gingen, legte Antonio ihr einen
Arm um die Schultern. „Weißt du, was ich schon
immer am meisten an dir bewundere, Elena?" fragte
er.

Sie schüttelte den Kopf.

„Deinen Mut und deine Stärke. Du bist jederzeit
bereit, wie eine Löwin zu kämpfen, und dabei ist es
dir vollkommen gleichgültig, ob dein Gegner oder
die Widerstände, mit denen du es in dem Moment zu
tun hast, stärker sein könnten als du. Du gibst niemals auf. Und dabei bist du so voller Herzensgüte
und Sensibilität. Es ist kein Wunder, daß sich
die Menschen gern in deiner Nähe aufhalten und
deinen Rat und deine Freundschaft suchen, egal ob
alt oder jung." Antonio nickte kurz zum Fenster, in
Richtung der Nachbarn. „Er hat es offenbar auch begriffen."

Elena wußte für einen Moment nicht, was sie sagen
sollte. Wie kam Antonio gerade jetzt darauf? Wegen
Michaels Bitte? Sonst hätte er gewiß nicht diese letzte Bemerkung gemacht. Doch was sollte sie davon
halten?

„Du brauchst nicht verlegen zu sein", fuhr Antonio fort. „Ich bin stolz auf dich, und... ich liebe dich. Ich werde es mir selbst niemals verzeihen, daß ich beinahe eine so wunderbare Frau verloren hätte, nur weil ich einen dummen Anfall von Torschlußpanik hatte."

Das waren keine schöngefärbten Worte, die ihr schmeicheln, sie betören oder in falscher Sicherheit wiegen sollten, sondern ganz offensichtlich war das Antonios voller Ernst. Er sprach in aufrichtiger und ehrlicher Bewunderung von ihr.

Das seltsame war nur, daß Elena gerade noch vor ein paar Minuten etwas Ähnliches über Michael gedacht hatte. Ob sich Maria überhaupt bewußt darüber war, was für ein wertvoller Mensch Michael eigentlich war und was sie an ihrem Mann hatte?

Aber das ging sie nichts an. Antonios Worte taten ihr gut, trösteten sie und machten ihr Mut. Er hatte seine Fehler ehrlich eingesehen und gab sich alle Mühe, einen neuen Anfang für ihre Ehe zu finden. Und auch mit seinen Söhnen versuchte er sehr ernsthaft, ein neues Verhältnis aufzubauen. Er war ein guter Mann, vielleicht ein wenig leichtsinnig und phlegmatisch, aber niemand war vollkommen. Den Märchenprinzen gab es schließlich nur im Traum, und wer konnte schon mit Sicherheit sagen, ob das nicht eines Tages zu langweilig werden würde.

Elena konnte sich wirklich nicht beklagen. Die größten Sorgen lagen hinter ihr, jetzt konnte sie endlich einmal ausspannen und in aller Ruhe Pläne für die Zukunft machen.

Sie schlang die Arme um den Nacken ihres Mannes. „Ich möchte, daß du heute hierbleibst", sagte sie. „Über Nacht... in unserem gemeinsamen Bett." Dann küßte sie ihn.

2

„Elena!" Maria umarmte die Freundin. „Wie schön, daß wir endlich wieder Zeit füreinander haben, noch dazu unter besseren Umständen."

„Du siehst gut aus", freute sich Elena.

„Ja, mir geht es auch wieder gut." Maria war gerade damit beschäftigt, den Tisch zu decken und kunstvoll zu dekorieren. „Ich kann doch schließlich nicht ununterbrochen untätig im Bett herumliegen... außerdem habe ich beschlossen, mir dich zum Vorbild zu nehmen."

Elena überging das heikle Thema. „Kann ich dir was helfen?"

„Ich bin schon fertig, siehst du?" Maria zupfte die Tischdecke zurecht. Dann wurde sie unerwartet ernst. „Ich freue mich schon darauf, Franco wiederzusehen."

„Ich mich auch. Es ist immer so interessant mit ihm, er ist ein hervorragender Erzähler", stimmte Elena zu. „Nett von dir, daß du mich auch zu diesem Essen eingeladen hast."

Maria schmunzelte. „Gewissermaßen hast du dich doch selbst eingeladen, nicht wahr?"

„Das stimmt", räumte Elena vergnügt ein.

Maria ergriff ihre Hand. „Ich bin richtig froh, daß du hier bist, denn... ich möchte nicht gern mit Franco allein sein."

Elena blinzelte verwundert. „Weshalb denn? Hat Michael etwas dagegen?"

Maria schüttelte den Kopf. „Nein, es geht um etwas anderes. Weißt du, er...", Maria senkte unwillkürlich die Stimme, als fürchtete sie einen heimlichen Zuhörer, „er schreibt mir..."

„Ja, und?" meinte Elena ahnungslos. „Da ist doch nichts dabei."

„Normalerweise nicht, aber... da ist so ein bestimmter Tenor in diesen Briefen..." Maria errötete leicht und sprach nicht weiter.

Jetzt horchte Elena auf. „Was hat er dir geschrieben?"

„Nichts Direktes, weißt du", antwortete Maria verlegen. „Aber... beim Lesen ist mir auf einmal durch den Kopf gegangen, wie anders mein Leben verlaufen wäre, wenn ich Franco früher begegnet wäre."

Elena schwieg eine Weile. Es war ihr peinlich, diese Beichte zu hören. Dann lachte sie kurz und gekünstelt auf. „Solche Gedanken hat doch jeder gesunde Mensch, meinst du nicht? Eine Ehe besteht nicht immer nur aus eitel Sonnenschein, sondern hat auch ihre Höhen und Tiefen, und jeder Mensch fragt sich doch irgendwann, wie anders sein Leben verlaufen wäre, wenn... du weißt schon. Diese Spekulationen sind ganz normal, finde ich."

Maria hob die Schultern. „Da hast du recht. Und schließlich, es sind ja nur Briefe." Sie hob den Kopf, als es an der Tür klingelte. „Und da ist Franco schon, pünktlich und verläßlich wie immer!"

Es wurde ein sehr fröhlicher Abend. Franco konnte eine Menge Anekdoten zum besten geben, und die beiden Frauen lachten so herzlich wie schon lange nicht mehr. Für diesen Abend waren aller Kummer und jeder schlechte Gedanke einfach vergessen.

Irgendwann sah Elena auf die Uhr und stand auf. „Wenn es am schönsten ist, soll man gehen", behauptete sie. „Antonio läßt Pietro und Sandro bestimmt immer noch fernsehen, und Marco und Carla werden auch bald kommen."

„Ach, nur noch ein bißchen, Elena!" bat Maria.

„Ich bin wirklich müde", lehnte Elena bestimmt ab. „Ich habe eine Menge Arbeit, die erledigt werden muß, und da muß ich ausgeruht sein." Sie beugte sich über Maria und küßte sie. Franco, der sich erhoben hatte, umarmte sie herzlich.

„Es hat mich sehr gefreut, Elena. Hoffentlich sehen wir uns in der nächsten Zeit öfter."

„Ja, sicher. Gute Nacht!" Elena winkte zum Abschied und verschwand über die Terrassentür, um den Weg abzukürzen.

32

Franco blieb ein wenig unentschlossen stehen, die Hände in den Hosentaschen versenkt. „Ja... ich werde dann auch gehen."

Maria nickte und stand auf. Ohne weitere Umstände begann sie, das benutzte Geschirr zusammenzustellen. Als sie mit einem Teil davon in die Küche gehen wollte, hielt Franco sie auf.

„Stell das doch einen Moment ab, bitte."

Sie gehorchte verwirrt und sah zu ihm hoch. Franco war nur wenig kleiner als Michael, aber schmaler gebaut. Seine kurzen Haare waren an einigen Stellen attraktiv ergraut. Die vielen feinen Lachfältchen in seinen Augenwinkeln vertieften sich, und ein sanftes Strahlen trat in seine blaugrauen Augen. „Du siehst schöner aus denn je", sagte er leise.

Sie bog den Kopf leicht zurück und stieß ein kurzes Lachen aus. „Zu dieser vorgerückten Stunde sicher nicht mehr", schmetterte sie sein Kompliment ab.

„Maria... laß uns doch miteinander reden", bat er und legte seine Hände auf ihre Schultern.

Maria war überrascht, setzte sich jedoch nicht zur Wehr. Abwartend sah sie ihn an.

„Du hast mir nie auf meine Briefe geantwortet", begann er mit einem milden Vorwurf.

„Ich hatte eben viel zu tun... und nichts zu erzählen. Ich bin keine große Briefeschreiberin, Franco. Das war ich nie", gab sie leichthin als Grund an.

„Das ist ein grausames Spiel, meinst du nicht?"

„Was sagst du da?"

Franco ließ seine Hände auf ihren Schultern liegen. Ruhig sagte er: „Ich weiß, daß du aus Unsicherheit und Angst so handelst. Aber du kannst doch jetzt nicht vor mir stehen und Gleichgültigkeit heucheln."

Auf ihrem Gesicht erschien Panik. „Wir sollten das jetzt beenden, Franco. Es ist besser, du gehst."

„Maria, bitte", flehte er leise. „Schick mich nicht so fort. Du kannst nicht mit Schweigen unterdrücken, was zwischen uns steht."

„Was zwischen uns steht, Franco?" gab sie zurück. Ihre Augen blitzten auf. „Das kann ich dir sagen: Ich bin verheiratet. Ich habe vor kurzem ein Kind verloren und brauche Michaels Nähe jetzt mehr denn je. So etwas verbindet, verstehst du? Und genau deswegen wirst du jetzt gehen."

Franco zögerte. Als er Maria dichter an sich ziehen wollte, spürte er, wie sich ihr Körper versteifte und sie den Oberkörper ausweichend wegdrehte. Sofort ließ er sie los.

„Verzeih mir, Maria." Er trat einen Schritt zurück, mit hängenden Schultern. „Ich warte schon so lange auf dieses Wiedersehen..."

Maria schluckte. „Nein, ich muß mich entschuldigen, Franco. Ich will nicht, daß du meinetwegen leidest. Du bist der sanfteste Mensch, den ich kenne."

„Damit kannst du doch nicht die Wahrheit verleugnen, Maria."

„Die Wahrheit ist, daß ich mich zu nichts zwingen lassen will, Franco."

„Ich zwinge dich zu nichts!" rief er verzweifelt. „Wenn ich deine Gefühle betreffend irgendeinen Zweifel hätte, würde ich dieses Thema niemals angesprochen haben. Aber ich sehe dir an, in welchem Konflikt du steckst. Du hast Angst vor der Entscheidung, aber du fühlst doch dasselbe wie ich..."

Maria schüttelte langsam, aber unerbittlich den Kopf. „So einfach ist das nicht, Franco. So, wie die Situation momentan ist, gibt es keine Basis für ein solches Gespräch. Ich bitte dich, das zu respektieren."

Franco stand einen Moment schweigend da. Dann ergriff er plötzlich Marias Hand, bevor sie sie wegziehen konnte. „Ich werde alles tun, was du verlangst, Maria", sagte er leidenschaftlich. „Ich werde dir nahe sein, als dein Freund, und warten, wenn es denn so sein soll. Doch vergiß nicht... du solltest nicht voreilig entscheiden. Sonst kann es geschehen, daß du dir später nicht verzeihen kannst, dich selbst belogen zu haben." Er beugte sich über Marias Hand, drückte seine Lippen kurz darauf und ging dann hastig zur Tür. „Gute Nacht, mein Herz. Ich rufe dich morgen an."

35

Aufgewühlt starrte Maria auf die geschlossene Tür. Für einen Moment war sie versucht, ihm nachzulaufen, doch ihre Beine wollten ihr nicht gehorchen.

Elena kam am Morgen vorbei, um nach Maria zu sehen, wie sie es Michael versprochen hatte. Die beiden Frauen plauderten eine Weile, dann widmete sich wieder jede ihrer Aufgabe.

Elena war etwas in Druck, der Abgabetermin für ihre Übersetzung rückte unaufhaltsam näher, und sie hatte noch eine Menge Arbeit damit.

Trotzdem konnte Antonio sie überreden, mit ihr zum Abendessen auszugehen. Pietro wollte ohnehin zu Sandro hinüber, dann konnte er auch gleich zum Abendessen bleiben. Marco und Carla steckten ebenfalls die meiste Zeit zusammen, bei ihren gemeinsamen Freunden von der Band.

Eine Erholungspause tat auch einmal gut. Elena machte sich besonders sorgfältig zurecht und ließ sich von Antonio in ein sehr gutes Restaurant mit angenehmer Atmosphäre führen. Sie aßen ausgezeichnet und unterhielten sich so gut wie schon seit sehr langer Zeit nicht mehr. Kein Schatten der Vergangenheit lag über diesem Abend; sie amüsierten sich und sahen sich verliebt in die Augen.

Anschließend machten sie einen kleinen Spaziergang. Sie schlenderten durch kleinere, ruhige Gassen, in denen die Zeit stillzustehen schien. Sie kamen sich beinahe vor wie im Mittelalter, selbst das Kopfsteinpflaster stimmte. Die Aushängeschilder der winzigen Läden waren größtenteils noch handgeschmiedet und mit den liebevoll gemalten Abzeichen der jeweiligen Zunft geschmückt. Blumen hingen von vergitterten Fensterbrüstungen herab, hie und da waren Wäscheleinen über die Gasse gespannt, an denen altmodische Kleidungsstücke hingen. Irgendwo bellte ein Hund. Eine Mülltonne fiel scheppernd um, und zwei Katzen fetzten daraufhin erschrocken in verschiedenen Richtungen davon.

Es war so friedlich, daß Elena keine Sekunde lang Furcht empfand, hinter der nächsten Biegung, in einem dunklen Eingang, könnte hier jemand auf sie lauern.

„Das ist der schönste Abend seit langem", sagte sie zu Antonio und atmete tief und befreit durch. Sie fühlte sich jung und lebendig, zu allen möglichen Taten aufgelegt. Es war angenehm, Antonios Nähe zu spüren und zu wissen, daß sie zusammengehörten.

„Und das beste kommt erst noch", äußerte sich Antonio geheimnisvoll.

Sie sah ihn an. „Du Schelm, wir laufen hier also gar nicht zufällig?" tadelte sie ihn leise.

„Halb und halb", meinte er vergnügt. „Es hat sich praktischerweise so ergeben. Wir sind gleich da."

„Aber wohin gehen wir denn?"

„Warte einfach ab!"

Die Gasse mündete in einen kleinen Platz mit einer Figur in der Mitte. Die Häuser waren hier nicht ganz so schmal und vor kurzem renoviert worden, wobei man sorgsam darauf geachtet hatte, den alten Stil nicht zu zerstören.

Antonio blieb stehen, kramte in seiner Jackentasche herum und zog schließlich einige Fotos hervor. „Schau mal."

Elena sah Außen- und Innenaufnahmen einer Wohnung, und sie erkannte den Platz wieder, auf dem sie standen.

„Erinnerst du dich, wie oft wir uns ausgemalt haben, eine nette kleine Dachwohnung mit einer großen Terrasse zu haben?" Er zeigte auf das betreffende Gebäude. „Siehst du die erleuchtete Fensterfront dort oben? Das ist diese Wohnung. Gefällt sie dir?"

„Ja... ich denke schon. Aber was hat das..."

Antonio gebot ihr mit einer Handbewegung zu schweigen. Erneut kramte er in seiner Tasche herum und holte diesmal einen Umschlag hervor. „Jetzt sieh dir das an."

Elena studierte das Papier, und ihre Augen wurden groß und größer. „Die Wohnung gehört uns?" hauchte sie.

„Ist das nicht wunderbar?" rief Antonio stolz. „Wir können uns unseren Wunschtraum erfüllen und endlich neu anfangen, weit entfernt von unserem alten Leben!"

Elena brauchte eine Weile, um zu begreifen. Sie war völlig überrumpelt und mußte die Gedanken, die wild über sie hereinstürmten, erst einmal verarbeiten.

Weg von ihrem Haus, das bedeutete auch weg von Michael. Sicher hatte Antonio das durchaus im Sinn, wenn er von einem „neuen Leben" sprach.

Und er hatte recht. Das beste für sie beide war, die Brücken hinter sich abzubrechen und ganz von vorne anzufangen. Damit fielen sie nicht schon nach kurzer Zeit wieder in ihren alten Trott zurück. Sie konnten einfach so tun, als hätten sie gerade eben erst geheiratet. Und Pietro würde sich bestimmt schnell umgewöhnen. Er könnte Sandro weiterhin nach der Schule besuchen. Antonio oder Marco würden ihn dann abholen. Und Maria würde eben immer zu ihr zu Besuch kommen.

Die Freundschaft zu Maria wollte sie auf keinen Fall verlieren, ebensowenig wie sie von Pietro verlangen konnte, Sandro nur noch in der Schule zu sehen.

Es war wirklich die beste Gelegenheit, allen alten Ballast abzuwerfen.

Antonio, der ihren Gesichtsausdruck richtig deutete, umarmte sie in wilder Freude. „Es wird wunderbar werden, Elena! Ich liebe dich!"

Als er sich zu ihr neigte, um sie zu küssen, berührte er zufällig mit der rechten Hand eine bestimmte Stelle an ihrer linken Seite, und sie zuckte heftig zusammen.

Erschrocken ließ Antonio sie los. „Hab' ich dir weh getan?"

Elena winkte ab. „Es ist gar nichts, die Stelle ist nur ein wenig druckempfindlich. Ein blödes Insekt hat mich da neulich gestochen, und es tut manchmal noch weh. Vergiß es." Sie schlang die Arme um Antonios Nacken. „Küß mich lieber oder bist du auf einmal davon abgekommen?"

Er nahm sie noch einmal in die Arme, vorsichtig darauf bedacht, nicht wieder die empfindliche Stelle zu berühren, und küßte sie mit steigender Leidenschaft.

Am nächsten Morgen erwachte Elena gutgelaunt und voller Tatendrang. „Ich werde heute hoffentlich die Übersetzung endlich fertigbringen", sagte sie zu Antonio. „Was hast du denn für ein Programm?"

„Ich muß ein paar Besorgungen machen und später habe ich einen Termin bei meinem Verleger", antwortete er. „Soll ich dir etwas mitbringen?"

„Nein, ich gehe später einkaufen. Du kaufst ja doch wieder nur lauter Unsinn." Sie stand auf und ging ins Bad. Als sie das Nachthemd auszog, kam sie wieder an die merkwürdige Stelle, und es gab ihr einen leichten Stich. Sie stellte sich so vor den Spiegel, daß sie wenigstens etwas von dieser Stelle sehen konnte, und fuhr leicht mit der Fingerspitze über die Haut. Sie ertastete direkt an einem Muttermal eine kleine Beule, die weich war, aber druckempfindlich. Sie bildete sich ein, eine leichte Rötung rund um das Mal erkennen zu können.

Merkwürdig, dachte sie. Nach der Zeit müßte das längst vorbei sein. Vielleicht irgendeine Allergie, die dadurch ausgelöst wurde.

Als sie aus dem Bad kam, war Antonio schon auf dem Weg nach draußen; wie immer hatte er keine Zeit zum Frühstücken. Manches änderte sich eben nie.

Elena war das ganz recht, denn so bekam er nicht mit, daß sie Dottoressa Tealdi anrief und sich einen Termin für eine Untersuchung geben ließ. Die routinemäßige Kontrolle war ohnehin fällig und da konnte sie diese kleine Beule auch gleich untersuchen lassen.

Kaum hatte sie aufgelegt, als Franco schon anrief. Sie wollte ihn abwiegeln, doch er wollte unbedingt mit zum Einkaufen. Also gab sie nach. Es war auch ganz angenehm, wenn sie die Sachen nicht selbst tragen mußte.

Als sie zurückkamen, war Antonio noch nicht daheim. Kurz darauf klingelte es und Elena rief: „Das ist er jetzt!"

Sie ging zur Tür und öffnete lächelnd, doch das Lächeln gefror blitzartig auf ihrem Gesicht.

Vor ihr stand Ines.

Elenas Haltung wurde sofort starr. Kühl und abweisend musterte sie das Mädchen, das seine Unsicherheit hinter einer riesigen dunklen Sonnenbrille zu verbergen suchte. Die Lippen waren zu einem schmalen Strich zusammengepreßt.

Elena entschied sich, Komödie zu spielen; zu absurd erschien ihr diese Szene. „Ja? Sie wünschen?" sagte sie kurz angebunden.

Das Mädchen nahm die Brille ab, und ihre dunklen Augen sprühten vor Zorn. So hatte sie sich ihren Auftritt sicher nicht vorgestellt. Das erste – und bisher einzige – Mal, als sie hier gewesen war, hatte sie keine Gelegenheit ungenutzt gelassen, um Elena zu erniedrigen. Doch diesmal wurde sie eiskalt abgeschmettert.

„Oh", machte Elena und hob die Brauen. „Sie sind es." In das Wort „Sie" hatte sie all die Verachtung hineingelegt, die sie für Antonios ehemalige Geliebte empfand.

Ines zuckte leicht zusammen, ließ sich jedoch nicht so einfach abfertigen. „Ich möchte Antonio sprechen."

„Er ist nicht zu Hause."

Elena drehte sich auf dem Absatz um und wollte die Tür schließen, doch Ines sagte schnell: „Und auch Sie!"

Das war ein starkes Stück. Elena wußte einen Moment nicht, wie sie reagieren sollte. In diesem Moment tauchte Franco hinter ihr auf.

„Elena, soll ich... oh, Entschuldigung." Francos Miene zeigte, daß er die Situation sofort erfaßt hatte. Elena drehte sich wieder zu Ines herum. „Ich komme gleich, Franco", rief sie über die Schulter.

„Gut, ich räume inzwischen die Sachen ein, von denen ich weiß, wo sie hingehören", meinte er und trollte sich eilig.

Ines schien jetzt eine Spur selbstsicherer; sie verzog den Mund zu einem anzüglichen Grinsen. „Kann ich warten oder sind Sie beschäftigt?"

Elena ging nicht weiter darauf ein; diese Frechheiten einer Göre, die noch nicht ganz trocken hinter den Ohren war, konnten ihr nichts anhaben. Ebensowenig ließ sie Ines eintreten, obwohl diese deutlich darauf wartete und schon einen halben Schritt in Richtung Tür gemacht hatte.

„Es hat keinen Sinn zu warten, da ich nicht weiß, wann mein Mann zurückkommt. Außerdem finde ich es keine sehr gute Idee, daß Sie hierherkommen", sagte sie abweisend.

„Ich hätte gern auf diesen Besuch verzichtet, aber in letzter Zeit wird es immer schwieriger, Antonio zu

43

erreichen", erwiderte Ines und hob den Kopf. In angriffslustiger Haltung funkelte sie Elena an.

Die seufzte innerlich. Nach einem Duell unter Rivalinnen stand ihr überhaupt nicht der Sinn. Sie wußte, daß Antonio Schluß gemacht hatte. Warum konnte Ines das nicht einsehen?

„Antonio ist nach Hause zurückgekehrt", sagte sie ruhig. „Er hat sich die Hörner abgestoßen und festgestellt, daß es damit genug ist. Finden Sie sich endlich damit ab. Im übrigen halte ich es für ziemlich unverschämt, daß Sie erneut hier auftauchen. Das hier ist mein Haus. Gehen Sie."

„So einfach geht das nicht!" wehrte sich Ines wütend. „Antonio kann sich nicht einfach davonmachen und mich sitzenlassen!"

„Machen Sie sich doch nicht lächerlich, Kleine. Haben Sie wirklich geglaubt, Antonio für immer an sich binden zu können?" Elena lächelte sarkastisch. „Sie sind tatsächlich noch naiver, als ich glaubte."

Das Mädchen verlor immer mehr den Boden unter den Füßen. Elena nutzte die Gelegenheit, sich für die vergangene Niedertracht zu rächen, als Ines zu der Besprechung mit Antonios Verleger einfach hereingeplatzt war, sich ganz selbstverständlich an den Tisch gesetzt und keine Gelegenheit ausgelassen hatte, Elena in ihrem eigenen Haus zu demütigen.

44

Elena hatte es sich damals wohl oder über gefallen lassen, um Antonios Vertragsabschluß nicht zu gefährden.

Heute aber gab es keinen Grund für sie, sich zurückzuhalten.

„Finden Sie nicht, daß Sie ein wenig zu weit gehen?" fügte sie gelassen hinzu. „Sie machen sich reichlich lächerlich."

„Lächerlich oder nicht, Sie werden mir zuhören müssen. Was ich zu sagen habe, geht uns alle drei an!" Ines setzte eine hochmütige Miene auf, die sie zu Hause garantiert lange einstudiert hatte. Dieser Moment war lange vorher geplant, das begriff Elena sofort.

Allmählich war sie jetzt doch gespannt, welche Bombe Ines platzen lassen würde. Neugierig war sie nun schon geworden. Aber das ließ sie sich natürlich nicht anmerken.

„So?" sagte sie gelangweilt. „Nun, das kann ich mir kaum vorstellen." Sie wandte sich zum zweiten Mal zum Gehen, nur um Ines erneut ihren geplanten Auftritt zu verpatzen.

„Hören Sie zu!" Ein schriller Ton lag in Ines' Stimme. Sie konnte sich jetzt kaum mehr zurückhalten. Wäre Elena im selben Alter gewesen, hätte Ines sich wahrscheinlich auf sie gestürzt.

Aber Elena war nicht nur um einiges älter, sondern auch größer und weitaus kräftiger als das

45

schmale Mädchen, das jetzt zornbebend vor ihr stand.

Elena zuckte lediglich die Achseln und war schon fast über die Schwelle, als Ines endlich damit herauskam:

„Ich bin schwanger! Ich erwarte ein Kind von Antonio!"

Elena verharrte mitten in ihrem Schritt und drehte sich halb zu dem Mädchen um. „Jetzt machen Sie aber auf der Stelle, daß Sie fortkommen!" herrschte sie die ehemalige Geliebte ihres Mannes an.

Ines taumelte zurück; sie hatte eine andere Reaktion erwartet. „So einfach kommen Sie nicht davon! Das kann ich Ihnen versichern!" schrie sie, während sie immer weiter zurückwich. Sie hatte einen Arm ausgestreckt und fuchtelte wild mit dem Finger in der Luft herum. Ihre Stimme überschlug sich fast. „Aus dieser Verantwortung wird sich Antonio nicht einfach davonschleichen! Glauben Sie das ja nicht!"

Elena ließ die Tür nicht gerade geräuscharm ins Schloß fallen und sperrte damit die weitere Haßtirade des Mädchens aus.

Dann ging sie in die Küche zu Franco, der sie fast verstört ansah.

„Was war denn los? Ich hörte nur ein fürchterliches Geschrei! Was ist das für ein schreckliches Mädchen?"

„Franco", unterbrach ihn Elena müde, „es ist besser, wenn du jetzt auch gehst."

Etwas in ihrem Tonfall ließ den Journalisten aufhorchen. Ohne eine weitere Frage zu stellen, ließ er den restlichen Einkauf einfach liegen, hauchte ihr einen Kuß auf die Wange und machte, daß er wegkam.

3

Als Antonio nach Hause kam, war Elena immer noch ruhig und gefaßt. Irgendwie hatte etwas in ihr abgeschaltet. Sie hatte das Gefühl, neben sich zu stehen und Regieanweisungen für sich selbst zu geben, die wiederum sie selbst mechanisch wie eine Puppe befolgte.

Antonio erkannte jedoch sofort an ihrem Gesichtsausdruck, daß etwas nicht in Ordnung war. „Was ist geschehen?"

„Nichts weiter", antwortete Elena scheinbar gleichgültig. „Ines war hier. Sie behauptet, von dir schwanger zu sein."

Antonio stand wie vom Donner gerührt da. Eine Weile war er unfähig, ein vernünftiges Wort herauszubringen. Elena sah ihn nur an.

Dann stieß Antonio mühsam hervor: „Was soll denn der Schwachsinn?"

Elena zuckte die Achseln. „Franco war hier. Frag ihn doch, ob ich fantasiere."

„Jetzt ist sie endgültig verrückt geworden." Antonio machte einen schwankenden Schritt zum Telefon. „Ich werde sie sofort anrufen und zur Rede stellen. Was fällt ihr ein?"

„Nein, zuerst müssen wir reden", erwiderte Elena bestimmt.

Antonio sah sie an. „Elena, es tut mir schrecklich leid", flüsterte er. „Bitte, glaub mir, das kann nicht wahr sein..."

„Wie kannst du da so sicher sein?" wollte Elena sachlich wissen.

„Es ist ganz einfach nicht möglich."

„Antonio, sei nicht kindisch. Eine Frau wird doch wissen, ob sie schwanger ist oder nicht. Aus welchem Grund sollte sie das behaupten?"

Antonio fuhr durch seine glatten grauen Haare. „Was weiß ich? Um sich zu rächen... um einen Keil zwischen uns zu treiben..."

Elena schüttelte den Kopf. „Das kann ich nicht glauben. Auf mich hat sie einen verzweifelten Eindruck gemacht."

„Natürlich, weil ich nichts mehr von ihr wissen will!"

„Antonio, hör auf damit. Wir müssen uns darüber klar werden, was wir unternehmen wollen."

Antonio rastete aus. „Elena, sie ist nicht schwanger!" schrie er. Er beugte sich über den Sessel und hämmerte mit den Fäusten auf die Lehne. „Ich sage es noch einmal: Es ist nicht möglich! Ines lügt!"

Elenas Lider flatterten. Allmählich bröckelte ihre Selbstbeherrschung ab. „Es besteht absolut kein

Grund zu schreien", sagte sie betont leise. „Immerhin habe ich dir keine Vorwürfe gemacht."

„Aber das ist es doch, was sie will!" Antonio lief wie ein gefangener Tiger im Wohnzimmer hin und her. „Sie provoziert diesen Streit, damit du mich wieder hinauswirfst!"

„Aus enttäuschter Liebe?"

„Ja! Es soll mir schlecht gehen, und dir natürlich auch! Du kennst sie nicht, Elena, sie ist dazu fähig. Sie würde alles tun, nur um mich zu vernichten."

Elena dachte einen Moment nach. „Vielleicht will sie dich auf diese Art auch wiedergewinnen."

Antonio blieb stehen und atmete tief durch. „Elena, bitte, glaub mir. Ich habe dich wegen Ines nicht belogen. Sie hat die Pille genommen, ich habe es genau kontrolliert. Zu dem Zeitpunkt konnte sie noch nicht wissen, daß wir uns trennen. Und später... war nichts mehr zwischen uns."

„Aber vielleicht wollte sie dich damals schon fest an sich binden, weil sie Angst hatte, du könntest sie sitzenlassen", sinnierte Elena weiter. „Was ist schon dabei, die Pille einfach in den Ausguß zu werfen?"

Antonio ließ sich in den Sessel fallen. Er war völlig vernichtet. „Großer Gott, was mache ich jetzt nur?" flüsterte er. Verzweifelt sah er Elena an. „Elena, das darf unseren Neuanfang auf keinen Fall gefährden!"

50

Elena schüttelte den Kopf. „Nein, das darf es nicht. Und ich werde ihr keinesfalls den Triumph gönnen, über uns gesiegt zu haben. Antonio, wir sind beide erwachsene und vernünftige Menschen, wir müssen diese Sache gemeinsam angehen."

In Antonios Augen flackerte Hoffnung auf. „Wir brauchen nur abzuwarten, in ein paar Monaten kann sie sich nicht mehr verstellen..."

„Und falls wir uns irren", fügte Elena hinzu, „haben wir immer noch Zeit genug, uns Gedanken über die Zukunft zu machen."

Antonio stand auf und ging zu ihr hinüber. Halb kniete er, halb saß er auf dem Sofa. Er ergriff Elenas Hände und hielt sie an seine Brust. „Elena, ich liebe dich. Ich bin zu dir zurückgekehrt, und ich werde dich nie wieder verlassen... gleichgültig, was auch geschieht. Ines kann uns nichts anhaben, solange du mir vertraust und mich an deiner Seite leben läßt."

Elena lehnte sich an ihn. „Halt mich fest", flüsterte sie.

In dieser Nacht schliefen sie eng aneinander geschmiegt. Elena erwachte am Morgen ausgeruht und bereit für den Tag. Die Sache mit Ines hatte sie weit weniger beschäftigt, als sie angenommen hatte. Antonio war so felsenfest überzeugt, daß die Schwangerschaft eine Lüge war, daß es auch Elena schließlich einleuchtend fand.

51

Und selbst wenn nicht, gab es auch einen Weg. Ines war zu jung und unerfahren. Das Ehepaar Amati war ein harter Gegner, das würde sie sehr schnell merken.

Antonio versprach, mit Ines zu reden und sie zur Vernunft zu bringen. „Vertraust du mir?" fragte er Elena.

„Natürlich. Rede nur allein mit ihr. Sicher ist sie dann vernünftiger, als wenn ich, ihre große Rivalin, mit dabei bin", antwortete sie.

Elena hätte ohnehin keine Zeit gehabt. Heute stand der Termin bei der Ärztin an. Sie hatte Antonio nichts davon gesagt, denn er hätte vielleicht Fragen gestellt. Elena hatte stets alle Routineuntersuchungen verschwiegen und erst hinterher irgendwann beiläufig erwähnt, daß alles in Ordnung sei.

Pünktlich fand sie sich in der Praxis ein und wurde nach kurzer Zeit aufgerufen.

Dottoressa Tealdi stellte zunächst einmal allgemeine Fragen über ihr Befinden, bevor sie an die übliche Kontrolluntersuchung mit Blutdruckmessung, Blutentnahme und allem Drum und Dran ging. Erst, nachdem dies alles beendet war, forderte sie Elena auf: „Und jetzt zeig mir bitte, wo du etwas spürst."

Elena führte den linken Arm nach hinten und tippte auf die Stelle. „Hier, bei diesem Muttermal."

Stefania tastete vorsichtig die Haut ab. Elena merkte, wie ihr Herz zu pochen begann.

52

„Tut das weh?" fragte die Ärztin.

„Nicht direkt. Es ist wie ein feiner Stich."

„Aha. Spürst du hier etwas?"

„Nur den Fingerdruck."

Stefania nickte und stellte sich vor Elena. „Du hast recht, da ist etwas." Die Art, wie sie das sagte, gefiel Elena überhaupt nicht.

„Ich dachte, es sei eine Art Allergie, hervorgerufen durch einen Insektenstich..."

„Nein, ein Insekt hat dich da nicht gestochen. Das hast du schon länger, doch es ist erst jetzt groß genug geworden. Du kannst dich wieder anziehen." Stefania kehrte zu ihrem Schreibtisch zurück, nahm einen Stift und suchte nach ihrem Rezeptblock.

Elena merkte, wie ihre Knie weich wurden. Hastig zog sie sich an und setzte sich dann Stefania gegenüber. „Was heißt, groß genug?" fragte sie langsam.

Stefania machte ein ernstes Gesicht. „Wir müssen auf alle Fälle genaue Untersuchungen machen, bevor wir eine endgültige Diagnose stellen können."

„Ich hoffe, du willst mich damit nur beruhigen", witzelte Elena schwach. Ihre Besorgnis wuchs. „Die Beule ist doch ganz weich und..."

„Nun, es kann eine entzündete Talgdrüse sein", räumte Stefania ein. „In so einem Fall macht man einen kleinen Schnitt, und alles ist erledigt. Du solltest allerdings nicht zu lange damit warten, denn

53

wenn die Beule erst hart wird, kann es schon ziemlich unangenehm werden."

Elena nickte. „Aber...?" forderte sie Stefania auf, weiterzusprechen. Das war schließlich noch nicht alles, dem Gesicht der Ärztin nach zu urteilen.

„Was mir nicht gefällt, ist die Stelle, genau an dem Muttermal. Es sieht so aus, als ob das Mal gewachsen ist, und es ist eindeutig verfärbt."

„Inwiefern verfärbt?"

„Schwärzlich verfärbt, Elena. Es könnte sich um eine Wucherung handeln."

Elena verknotete nervös die Finger ineinander. „Eine... eine bösartige Wucherung?" flüsterte sie entsetzt. „Krebs?"

Stefania widmete sich den Rezepten. „Wir wollen keine voreiligen Schlüsse ziehen, Elena."

„Bitte sei ehrlich zu mir!"

Stefania sah sie an, legte den Stift beiseite und legte die Hände zusammen. „Es besteht die Möglichkeit, ja. Es könnte ein Melanom sein. Das ist eine Pigmentgeschwulst, die sich durch intensive Sonnenbestrahlung, aber auch durch Muttermale entwickeln kann."

Elena wurde blaß. „Ich habe darüber gelesen... das ist eine sehr bösartige Art von Tumor... mein Gott!"

„Elena, zieh bitte keine voreiligen Schlüsse", versuchte die Ärztin sie zu beruhigen. „Momentan stehen uns alle Möglichkeiten offen. Aber um Gewißheit zu erhalten, mußt du so schnell wie möglich eine Biopsie durchführen lassen. Das bedeutet, wir punktieren das Mal und entnehmen eine Gewebeprobe. Die schicken wir dann ein, und erst wenn wir das Ergebnis haben, stellen wir einen Behandlungsplan auf. Einverstanden?"

„Mir bleibt ja wohl nichts anderes übrig..."

„Wir sollten gleich einen Termin mit dem Labor vereinbaren. Die Biopsie wird ambulant durchgeführt, mit örtlicher Betäubung. Du wirst nichts spüren, und nach ein paar Minuten ist alles vorbei. Dann kannst du nach Hause gehen. Die Auswertung dauert etwa eine Woche." Stefania reichte ihr einen Stapel Zettel. „Hier, die Rezepte und die Überweisung. Fang mit den Tabletten bitte sofort an. Vor der Biopsie möchte ich dich noch mal sehen, um eine weitere Blutprobe zu nehmen. Einverstanden?"

Elena nickte mechanisch. „Ich werde alles tun", sagte sie schwach. Sie stand auf und verließ wie in Trance die Praxis. In ihrem Kopf hallte immer noch das Wort „Tumor" nach.

Einige Zeit lief sie ziellos durch die Straßen. Mit allem hätte sie gerechnet, aber nicht damit, eines Tages erkranken zu können. Dafür war sie doch noch viel zu jung... und ihre Familie...

Als Elena nach Hause kam, hockte Pietro zusammen mit Franco auf der Treppe. Der Kleine war stinksauer und überhäufte sie mit Vorwürfen, doch Elena war nicht in der Verfassung, ihn mit ihrer gewohnt ruhigen, humorvollen Art schnell zu versöhnen. Daraufhin war Pietro erst recht beleidigt und lief auf sein Zimmer, kaum daß sie aufgesperrt hatte.

Elena packte die Medikamente aus und verstaute sie in einer Schublade.

„Warst du beim Arzt?" erkundigte sich Franco.

„Ja, eine reine Routineuntersuchung, aber du weißt ja, wie das ist... immer finden sie was, um ihr Geld zu verdienen." Elena hatte endlich ihre Fassung wiedergewonnen und verdrängte die Furcht in den hintersten Winkel ihres Verstandes. „Entschuldige, habe ich unsere Verabredung übersehen?"

Franco lachte. „Nein, ich bin unangemeldet hier. Ich wollte eigentlich Maria besuchen, aber drüben war auch niemand. Da sah ich Pietro und leistete ihm Gesellschaft."

Elena merkte, daß Franco etwas beschäftigte. Sie konnte sich denken, was. Was sollte sie tun? Besser war es, sich herauszuhalten. Andererseits, die beiden waren ihre Freunde, und sie konnte nicht die ganze Zeit so tun, als würde sie nichts bemerken.

„Franco", begann sie vorsichtig, „ich... ich glaube, deine Anwesenheit bringt Maria in Verlegenheit."

„Ich wüßte wirklich nicht, weswegen!" brauste der Journalist auf. „Ich habe mich immer korrekt verhalten!"

56

„Entschuldige, es geht mich ja auch nichts an." Elena machte sich hastig daran, ein verspätetes Mittagessen vorzubereiten. „Du ißt doch mit?"

Franco machte ein hilfloses Gesicht und nickte dann. „Tut mir leid, ich sollte dich nicht anschnauzen. Meine Gefühle sind mit mir durchgegangen."

„Es ist gar nichts passiert, Franco", erwiderte Elena freundlich. „Dafür sind Freunde da. Und ich nehme nicht alles so todernst."

„Es stimmt ja, was du sagst", fuhr Franco fort, richtig in Fahrt gekommen. „Aber ich schäme mich dessen wirklich nicht. Ich gebe zu, daß ich Maria liebe. Und ich würde mich nicht so sehr engagieren, wenn ich nicht genau wüßte, daß sie dasselbe fühlt."

„Hat sie dir das gesagt?"

„Nein, sie wehrt sich dagegen. Doch ich kann es fühlen. Die Art, wie sie mich ansieht... so etwas spürt man einfach."

„Ja, wahrscheinlich." Elena wußte genau, daß es so war. Bei Michael hatte sie einst dasselbe gefühlt, ebenso wie er bei ihr.

„Ich verstehe es nicht", gestand Franco. „Ich verstehe nicht, was sie noch will. Sie muß doch erkennen, daß ihre Beziehung zu Michael am Ende ist."

Elena schaltete den Herd ein, bevor sie sich Franco wieder zuwandte. „Das ist nicht so einfach zu erklären, Franco, da du bisher Junggeselle geblieben bist. Aber die Ehe... die Ehe ist nicht nur eine Art

Vertrag. Es ist nicht leicht, sich aus ihr zu lösen nach so vielen Jahren..."

„Aber, das ist doch eine Qual für alle!" ereiferte sich Franco. „Michael und sie haben Schwierigkeiten ohne Ende, und ich..."

„Versteh doch", unterbrach ihn Elena sanft, „es ist, als würde man einen Teil von sich selbst aufgeben! Die Ehe ist keine Sache wie ein Kleid oder ein Auto, die man einfach aufgeben und vergessen kann. Da sind die Erinnerungen, die Verbundenheit der Jahre gemeinsamen Kampfes, der Liebe, auch des Hasses... Das alles kann man nicht so leicht überwinden. Erst einmal muß man die Gewohnheit hinter sich lassen, um diese Mauer erklimmen zu können – und dann muß man noch den Mut haben, auf der anderen Seite herunterzuspringen, in eine ungewisse Zukunft."

„Ungewiß?" sagte Franco betroffen.

„Franco, eine Liebe ist doch keine Garantie für ein glückliches Zusammenleben. Solange es einem einigermaßen gutgeht, verläßt man doch nicht das gemachte Nest. So sind die Menschen nun mal. Gerade du solltest das wissen."

Franco ließ den Kopf hängen. „Das sollte ich, aber ich denke eben jetzt nicht als Journalist, sondern als Mann... als liebender Mann..."

Elena lächelte leicht. „Was für eine Kombination! Das macht natürlich alles doppelt so schlimm!" Sie öffnete einen Schrank und holte Teller heraus. „Komm, hilf mir, den Tisch zu decken, und dann reden wir über andere Dinge, einverstanden? Die Fährnisse des Lebens kann man nicht mit leerem Magen meistern – und schon gar nicht niedergeschlagen."

Franco schmunzelte. „Elena, du bist wunderbar." Er ging zu ihr, legte den Arm um ihre Schultern und küßte die Überraschte liebevoll auf die Stirn. „Was täte ich nur ohne dich! Also, wie soll ich den Tisch denn decken?"

Antonio fuhr zu seinem ehemaligen Studio, stellte dort Ines, die zufällig gerade allein war, zur Rede und machte ihr schwere Vorwürfe.

„Was fällt dir ein, einfach bei meiner Frau aufzukreuzen?" schnauzte er das Mädchen an. „Besitzt du überhaupt keinen Anstand mehr?"

„Deine Frau soll es ruhig erfahren!" gab Ines wild zurück. „Denkst du, du kannst dich so einfach aus der Verantwortung schleichen?"

„Du redest Unsinn! Ich glaube kein Wort davon, daß du schwanger bist."

„Dann werde ich es dir eben beweisen!"

Ines griff nach ihrer Tasche und holte ihren Autoschlüssel heraus. „Komm einfach mit zu meinem Arzt! Diese Beweise werden dich dann hoffentlich endgültig überzeugen!"

Antonio nickte. „Ganz genau, ich werde persönlich dafür sorgen, daß es für dich äußerst peinlich wird."

Er quetschte seinen großen Körper in Ines' kleinen weißen Fiat Panda. „Vielleicht sollte ich fahren, du bist ziemlich aufgeregt."

„Hör auf, mich zu bevormunden!" zischte sie. Das Getriebe jaulte auf, als sie den ersten Gang unsanft einlegte, die Kupplung zu schnell kommen ließ und mit einem Satz anfuhr.

Antonio umklammerte sofort den Haltegriff. „Geht es nicht etwas langsamer?"

Ines blitzte ihn von der Seite an. „Du hast es doch eilig, oder?"

„Ines, ich verstehe dich einfach nicht", lenkte Antonio schließlich mühsam ein, als Ines die halsbrecherische Fahrt fortsetzte und er sich ernsthaft Gedanken um die heile Ankunft zu machen begann. Sie fuhren in rasanter Fahrt in Richtung Stadtgrenze, und er war froh, als der Verkehr sich zusehends lichtete. Links und rechts der Straße tauchten allmählich die ersten freien Grundstücke und Felder auf.

„Was verstehst du nicht?" fragte Ines. „Daß ich das Kind nicht abtreiben lassen will?"

Antonio schüttelte den Kopf. „Das hat niemand von dir verlangt. Warum bist du so? Ich habe dich geliebt, und ich mag dich auch jetzt noch."

„Ja, das merke ich! Deswegen bist du ja auch immer noch bei mir!" schnappte sie und sah ihn kurz verkniffen von der Seite an.

„Ines, selbst wenn du schwanger bist – das Kind könnte genausogut von Carlo sein", versuchte Antonio es auf anderem Wege. Dann stieß er einen keuchenden Laut aus und schrie: „ACHTUNG!"

Ines hatte plötzlich das Steuer herumgerissen und schlingerte gefährlich über die Fahrbahn, bekam den Wagen aber rechtzeitig wieder in ihre Gewalt. Einige entgegenkommende Fahrzeuge blinkten sie an und hupten.

„Was sagst du da?" schrie Ines. „Was unterstellst du mir da überhaupt? Du bist der einzige Mann, mit dem ich geschlafen habe, solange ich mit dir zusammen war! Du bist doch das niederträchtigste Schwein unter der Sonne!"

„Ines", rief Antonio beunruhigt, „bitte, können wir das Gespräch denn nicht fortsetzen, wenn wir endlich irgendwo angehalten haben? Du solltest etwas mehr auf die Straße achten, und vor allem solltest du langsamer fahren!"

„Ich fahre, wie es mir paßt, damit das klar ist! Ich weiß schon, was ich tue!"

Eine Weile saßen sie schweigend nebeneinander; Ines konzentrierte sich auf den Verkehr. Antonios Handknöchel war inzwischen ganz weiß, weil er sich mit aller Kraft an den Haltegriff klammerte, denn Ines unternahm weitere waghalsige Überhol-manöver.

„Ines, bitte halt an, und laß mich weiterfahren", bettelte er, aschfahl ihm Gesicht.

„Sei nicht kindisch", gab sie beinahe lachend zurück. „Biederer alter Kauz, das ist noch gar nichts! Ich fahre schließlich nicht erst seit gestern und bin bestimmt nicht so ein alter Langweiler wie du! Würdest du fahren, hätten wir doch mindestens einen Tag früher losfahren müssen!"

„Schon gut, nur etwas langsamer vielleicht... Ich hänge wirklich am Leben..."

Ines nahm endlich den Fuß vom Gas. „Bei mir ist das anders", sagte sie etwas rätselhaft. „Ich habe viel nachgedacht in der letzten Nacht, weißt du, und auf dich gewartet."

„Es war dir also klar, daß ich dich zur Rede stellen würde?"

„Natürlich. Deswegen habe ich den Termin beim Arzt ja extra für heute vereinbart. Um es dir bewei-sen zu können!"

Antonio wischte sich den kalten Schweiß von der Stirn. Ines hatte unwillkürlich wieder Gas gegeben, als sie erneut auf die Schwangerschaft kamen. Es war sicher besser zu schweigen. Trotzdem rutschte ihm eine Frage heraus: „Wie weit ist es denn noch bis zu deinem Arzt?"

„Ein paar Kilometer", antwortete Ines. „Er ist ein Freund meines Vaters, den ich seit meiner Kindheit kenne. Ich vertraue nur ihm. Leider hat er seine Praxis so weit außerhalb, aber was soll's."

Wieder war es einige Zeit still im Auto. Dann sah Ines ihn an. „Warum tust du mir das an, Antonio?" fragte sie schließlich weinerlich. „Du demütigst mich so sehr. Was habe ich dir denn getan?"

„Ich habe dir doch nichts angetan, Ines", versuchte Antonio sich zu rechtfertigen. „Es hat einfach nicht mehr geklappt zwischen uns. Wir haben immer nur gestritten und ich... ich habe erkannt, daß ich meine Frau noch immer liebe. Es wäre doch wirklich unfair von mir gewesen, dieses Verhältnis weiter aufrecht-zuerhalten! Unfair euch beiden gegenüber, findest du nicht auch?"

„Nein!" Ines' Augen füllten sich mit Tränen.

„Ines", fuhr Antonio in beschwörendem Ton fort, „komm, jetzt gib doch endlich deinen Fehler zu. Dreh um! Wir gehen in ein ruhiges kleines Café und reden über alles. Du mußt es nicht auf die Spitze treiben. Wir vergessen einfach deinen Auf-tritt bei Elena und versuchen, uns irgendwie zu eini-gen."

„Dafür ist es zu spät", flüsterte Ines düster.

Antonio runzelte die Stirn. „Was meinst du? Es ist nie zu spät. Du machst mir Angst, Ines!"

„Du zwingst mich dazu", hauchte sie.

63

Der vordere Wagen bremste, weil ein Laster vor ihm war. Ines bremste jedoch nicht, sondern drückte erst recht aufs Gas. Kurz, bevor sie auf den Vorderwagen auffuhr, scherte sie nach links aus. Der kleine Wagen begann wieder zu schlingern, für solch waghalsige Manöver war er nicht gebaut. Ines gab weiter Gas.

„Was machst du?" schrie Antonio. „Du kannst doch hier nicht... da kommt uns ein Lastwagen entgegen! Zieh rechts rüber, Ines, schnell! Das schaffst du doch nie im Leben!"

Sie war inzwischen auf gleicher Höhe mit dem anderen Wagen, dessen Fahrer die Situation ebenfalls erfaßt hatte. Er hupte und verlangsamte die Geschwindigkeit, damit der Panda zwischen ihm und dem Laster einscheren konnte.

Der entgegenkommende Lastwagen, ein großer Zug mit Anhänger, blendete die Lichter auf und hupte dröhnend. Es klang wie das Nebelhorn eines großen Dampfers.

Ines gab Gas. Der Panda begann zu rütteln und zu ächzen, sie holte das letzte aus ihm heraus. Die Drehzahl lag bereits im roten Bereich, doch Ines drückte das Pedal gnadenlos bis zum Anschlag durch. Zwei Drittel des Lasters hatte sie inzwischen geschafft.

Der entgegenkommende Lastzug nahm jetzt fast schon die ganze Sicht ein, wie ein riesiges schwarzes Ungeheuer mit glühenden Augen kam er immer näher.

„Ines!" schrie Antonio verzweifelt. „Was machst du nur? INES!!"

Knapp zwei Meter vor dem Aufprall schaffte es der kleine Fiat gerade noch, vor dem anderen Laster einzuscheren; beide Züge hupten und bremsten voll, die nachfolgenden Fahrer auf beiden Seiten hatten alle Hände zu tun, um ihre Autos zum Stehen zu bringen.

Ines hatte das Steuer jedoch so hart herumgerissen, daß der Panda durch die hohe Geschwindigkeit ins Schleudern geriet. Sie verlor die Kontrolle über den Wagen.

„O mein Gott!" brüllte Antonio. „Elena! Elena!" Seine Augen waren so weit aufgerissen, daß man nur noch das Weiße sah, und er klammerte sich mit letzter Kraft an den Griff.

Ines versuchte noch gegenzusteuern und bremste mit aller Kraft, was die rasenden, unkontrollierten Schleuderbewegungen ihres Wagens allerdings nur noch verstärkte.

Antonios und Ines' Schreie vermischten sich mit dem Kreischen von Metall auf Asphalt, als der kleine Wagen zur Seite kippte. Funkensprühend und mit großem Getöse schlitterte er über den Asphalt und kippte über den Fahrbahnrand hinunter. Er überschlug sich mehrmals, wobei eine Menge Staub, Gras

65

und Erdbrocken aufgewirbelt wurde. Schließlich blieb er, fast zur Unkenntlichkeit verbeult und verbogen, auf dem Dach liegen.

In eine sekundenlange, unwirkliche Stille hinein rieselte langsam der Staub zu Boden. Qualm und Rauch legten sich, ein paar Funken verloschen knisternd.

Dann schlugen Autotüren und entsetzte Schreie wurden laut. Jemand rief laut nach einem Arzt...

4

Elena hielt Marcos Hand fest, als sie gemeinsam die Tür zur Intensivstation aufstießen. Ein Arzt kam ihnen entgegen und wandte sich an Elena: „Signora Amati?"

Elena nickte stumm.

„Kommen Sie, bitte." Er führte sie den Gang entlang. Es war hier sehr still, das Licht gedämpft, und alles wirkte steril. Vor einer Glaswand verharrte der Arzt. Man konnte nicht hineinsehen, ein blauer Vorhang war vorgezogen.

„Es tut mir sehr leid, Signora", sagte der Arzt. „Die junge Frau war sofort tot. Ihr Mann hat bis jetzt durchgehalten, aber... wir können leider nichts mehr für ihn tun."

Elena starrte den Mann an, als hätte er wie ein Richter soeben das Todesurteil über Antonio verhängt. „Ich verstehe nicht..." hauchte sie blaß, mit ersterbender Stimme.

„Er hat sehr schwere innere Verletzungen und eine Menge Blut verloren", erläuterte der Arzt. „Mehrere Organe haben durch Quetschungen und Risse so schweren Schaden genommen, daß wir auch durch eine Operation nichts mehr retten könnten."

„Muß er sehr leiden?" flüsterte Elena.

„Nein", sagte der Arzt und zögerte. „Seinen...
Hirntod haben wir bereits festgestellt. Er hat ein
schweres Schädelbasistrauma erlitten und wäre vermutlich nie wieder aus dem Koma erwacht. Hinzu
kommt, daß sein Herz bereits für einige Minuten
ausgesetzt hatte. Das Gehirn wurde nicht mehr mit
Sauerstoff versorgt und ist größtenteils abgestorben.
Ihr Mann wird in den nächsten Minuten, eventuell
auch Stunden sterben."

Der Arzt griff hastig nach Elena, als ihre Beine den
Dienst versagten, und stützte sie.

„Glauben Sie mir, Signora, es tut mir entsetzlich
leid, aber es ist besser so. Selbst wenn ein Wunder
geschehen und er überleben sollte, wäre er sein
Leben lang an die Lebenserhaltungssysteme gefes-
selt. Seine Gehirnfunktionen wären so beeinträch-
tigt, daß er nur noch dahinvegetieren würde, ohne
jemals wieder das Bewußtsein zu erlangen."

Elena nickte und befreite sich aus den Armen des
Arztes. „Sie haben sicher recht. Es ist nur so schwer,
sich so plötzlich damit abfinden zu müssen..." Sie
stützte sich an der Wand neben der Scheibe ab.
„Bitte, ich will ihn sehen..."

Der Arzt zögerte. „Signora, ich weiß nicht..."

„Bitte!" Elena sah den Arzt eindringlich an. „Ich
möchte mich von ihm verabschieden, egal, wie er
jetzt aussieht."

68

„Na gut." Der Arzt gab ungern nach. „Sie dürfen nicht in das Zimmer, aber Sie können von hier aus hineinsehen." Er betätigte einen Schalter in der Nähe der Tür, und der blaue Vorhang zog sich geräuschlos zurück. „Ich lasse Sie einen Augenblick allein."

Elena wartete, bis der Arzt gegangen war, bevor sie sich vor die Scheibe stellte.

Es war halbdunkel dort drin, ein Bett stand im Raum, mit einer Menge Maschinen darum herum. Eine von ihnen, den Elektrokardiographen zur Messung des Herzschlags, kannte sie noch sehr gut. Die Wellen darauf waren nur schwach, die Anzeigen niedrig, doch es piepste gleichmäßig.

Auf dem Bett lag Antonio, mit einem grünen Tuch bis zur Brust zugedeckt. Darunter hingen Schläuche aus ihm heraus, die Arme waren mit Infusionsnadeln zugepflastert, ein Beatmungsschlauch führte in seinen Mund. Äußerlich war kaum etwas zu erkennen – nur ein grünblau verschwollenes Gesicht und ein blauer Fleck auf der Brust, mehr nicht.

Als Elena Marco aufstöhnen hörte, legte sie den Arm um ihn und zog ihn an sich. Die Tränen flossen still aus ihren Augen. Sie wischte sie weder weg, noch versuchte sie, sie zu unterdrücken.

„Kaum vorstellbar", wisperte sie, „daß er heute morgen noch so fröhlich aufwachte. Er war so lebendig, so entschlossen... Er wollte alles wieder in

Ordnung bringen..." Ihr versagte die Stimme, und sie schluchzte auf.

„Mama...", wimmerte Marco.

Elena drückte den Jungen noch fester an sich. „Ich danke dir, Antonio", flüsterte sie. Ihre Lippen zitterten heftig, doch sie preßte die Worte mit aller Gewalt heraus. „Danke, daß du auf mich gewartet hast... Du hast mir immer gesagt, daß du niemals ohne ein Lebewohl von mir fortgehen würdest, und du hast dein Versprechen gehalten. Nun können wir Lebewohl sagen und unsere Gedanken ein letztes Mal austauschen... Ich weiß, daß du an mich gedacht hast. Ich habe es gewußt, noch bevor sie mich anriefen. Ich hoffte nur, daß ich noch rechtzeitig kommen könnte, um... um..."

Der Arzt kehrte zurück, ging lautlos in den Raum und überprüfte die Geräte. Sein Gesicht war überaus ernst, als er wieder herauskam.

„Ein paar Augenblicke noch", bat Elena, die seinen Blick wohl verstand. „Ich bin noch nicht fertig."

Sie wandte sich wieder der Scheibe zu. „Aber die Zeit ist trotzdem um, nicht wahr?" fuhr sie ihren Monolog fort. Sie ließ Marco los und preßte beide Hände an die Scheibe, als könnte sie so Antonios warme Haut ein letztes Mal spüren. „Jetzt ist es soweit. Und dabei hattest du nie genug Zeit, immer stecktest du voller neuer Ideen und Pläne..."

70

Der Körper lag ganz still. Die Augen waren geschlossen. Elena sah, wie die Mundwinkel allmählich erschlafften. Eine so winzige Regung, und doch konnte sie ihr nicht entgehen.

„Ich weiß, du willst fort", schluchzte sie. „Geh nur, mein Lieber, mach dir keine Sorgen. Wir schaffen es schon. Hier geht es weiter, und du... entdecke deine neue Welt. Finde neue Fantasien für viele Geschichten... leb wohl..."

Sie sah, wie die Wellen auf den Monitoren auf einmal ins Stocken gerieten. Der Arzt öffnete die Tür, und sie konnte deutlich das Warnsignal hören.

Dann war nur mehr ein gleichmäßiger, furchtbarer Ton zu hören, und eine gerade Linie auf den Monitoren zu sehen. Die Anzeigen standen alle auf Null.

Elena ergriff Marcos Arm und zog den völlig verstörten, herzzerreißend schluchzenden jungen Mann von der Scheibe weg. Sie war selbst blind vor Tränen und mußte sich den Weg fast ertasten. Erst, als sie das Ende des Ganges erreicht hatten, versiegte ihre Kraft. Sie lehnte sich an die Wand, stieß einen leisen Seufzer aus und sank langsam zu Boden.

Maria nahm immer wieder den Telefonhörer ab und legte ihn, ohne zu wählen, zurück auf die Gabel. Schließlich gab sie sich doch einen Ruck und ging zu den Amati hinüber. Die Rolläden waren zur Hälfte heruntergelassen. Der Hintereingang war offen, und sie trat einfach ein, ohne vorne zu klingeln. In der Küche hockten Marco und Pietro. Marco versuchte, seinen kleinen Bruder dazu zu bringen, etwas zu essen, das er selbst zubereitet hatte. Er lächelte Maria zu. Sein kummervolles Gesicht war blaß, die Augen trübe. Pietro starrte auf den Teller, ohne sich zu regen. Maria konnte sich vorstellen, was in seinem Köpfchen vorging.

Sie lächelte Marco aufmunternd zu und strich ihm über den Kopf, ohne viele Worte. Was konnten Worte in solchen Momenten denn schon nutzen?

Dann ging sie die Treppe hinauf in Elenas Schlafzimmer. Sie lag angezogen quer auf dem Bett und blinzelte, als das Licht durch die geöffnete Tür auf sie fiel.

„Maria?"

„Entschuldige, aber ich mußte einfach vorbeikommen."

Elena setzte sich auf. Benommen strich sie die Haare aus ihrem Gesicht. „Ich habe mich nur einen Augenblick hingelegt... ist denn schon Essenszeit? Wo sind die Kinder?"

„Unten. Marco hat gekocht. Carla wird sicher auch bald von der Schule zurück sein und wird sich zusätzlich um die beiden kümmern. Sandro hat

72

ebenfalls versprochen, Pietro zu helfen. Das wird ihnen guttun." Maria setzte sich an die Bettkante und betrachtete Elena besorgt.

„Ja, du hast sicher recht. Ich bin momentan kaum zu etwas zu gebrauchen... ich bekomme irgendwie keinen vernünftigen Gedanken zustande." Elena rieb sich die Stirn.

„Ich weiß, Elena. Es ist furchtbar schwer." Maria legte ihr einen Arm um die Schultern und streichelte tröstend ihr blondes, seidiges Haar.

Elena legte den Kopf an die Schulter ihrer Freundin. „Es ist schlimmer, als wenn er mich wegen einer anderen verlassen hätte", flüsterte sie. „Wenigstens wüßte ich dann, daß er glücklich ist. Ich könnte mir Illusionen machen... davon träumen, daß er eines Tages zu mir zurückkäme, aber so..." Mit zitternden Fingern wischte sie die Tränen weg, die schon wieder aus ihren verweinten, verschwollenen Augen drängten. „Was soll ich jetzt nur machen? Allein..."

„Aber du bist nicht allein", widersprach Maria. Sie war froh, ein Stichwort bekommen zu haben, zu dem sie etwas sagen konnte. Sie wollte so gern wirklichen Trost spenden, ohne leeres Geschwätz. „Du hast deine Söhne, und du hast mich... und Michael. Wir gehören doch irgendwie alle zusammen. Wir werden dich niemals im Stich lassen und alles für dich tun."

„Es ist einfach so ungerecht", schluchzte Elena. „Gerade eben haben wir wieder zueinander gefunden. Es sah alles so gut aus, und wir waren die letzten paar Tage so glücklich miteinander, und jetzt..." Voller Leid sah sie Maria an. „Warum mußte das jetzt sein? Weshalb kommt nach kurzen Momenten des Glücks immer so ein furchtbarer Schlag? Das habe ich einfach nicht verdient, Maria!"

„Nein, niemand hat das", sagte Maria hilflos. „Aber es ist nun einmal so, daß wir unser Schicksal nicht immer selbst bestimmen können. Das Leben besteht immer aus einem Auf und Ab. Sicher hast gerade du es nicht verdient, Elena, immer solch harten Schlägen ausgesetzt zu sein. Ich wünschte, ich könnte etwas für dich tun, aber da gibt es momentan wohl nichts." Sie drückte die Freundin an sich und liebkoste weiter ihr Haar.

„Es ist wie verhext, weißt du", murmelte Elena. „So hat Ines doch noch ihren Willen bekommen, uns auseinanderzubringen. Dafür hat sie sogar ihr eigenes Leben eingesetzt."

„Willst du damit sagen, daß sie absichtlich den Unfall verursacht hat?" fragte Maria erschrocken.

Elena zuckte die Achseln. „Ich weiß nicht mehr, was ich glauben soll. Antonio hat mir gesagt, daß sie zu allem fähig sei, nur um sich zu rächen. Wenn sie ihn nicht haben konnte, dann auch keine andere... ich weiß es einfach nicht. Jedenfalls hat sie gelogen.

Sie war nicht schwanger, und diese Fahrt zum Arzt war vollkommen sinnlos."

Sie stieß einen tiefen Seufzer aus. Dann umarmte sie Maria plötzlich. „Maria, ich... ich will, daß Michael dir nahe ist. Das mußt du ihm sagen. Er und du, ihr sollt euch lieben, wie ich Antonio noch einmal geliebt hätte..."

Als Maria spürte, daß Elenas Körper von einem Weinkrampf geschüttelt wurde, löste sie sich von ihr und nahm ihr Gesicht in die Hände. Mit den Daumen wischte sie sachte die Tränen fort.

„Elena, du darfst nicht weinen... bitte nicht", flehte sie, selbst schon fast den Tränen nahe. Wenn eine so starke, mutige und lebensfrohe Frau wie Elena verzweifelte, was blieb dann noch?

Elena begann jetzt erst recht herzzerreißend zu schluchzen. „Warum hat er mich verlassen?" stieß sie kraftlos hervor. „Warum?"

Darauf wußte Maria auch keine Antwort.

In den nächsten Tagen hatte Elena keine Zeit mehr für Tränen, so viel stürzte auf sie ein. Der Termin für die Beerdigung mußte angesetzt, Todesanzeigen verschickt und das Arrangement getroffen werden. Hinzu kam die Regelung der Erbschaft und die Durchsicht aller Papiere. Antonio hatte, vor lauter Begeisterung über seinen schriftstellerischen Erfolg, eine Menge Rechnungen hinterlassen, und seine

Gläubiger wollten jetzt sofort ihre Schulden eintreiben. Sie kannten keine Pietät, ihnen ging es nur ums Geschäft.

Elena mußte sich der harten, mitleid- und kompromißlosen Realität stellen. Ihr blieb nichts anderes übrig, als eine Hypothek auf das Haus aufzunehmen, um die Schulden tilgen und für die nächste Zeit den Unterhalt bestreiten zu können, bis das Erbe geregelt war. Waren die Autorenrechte erst einmal ihr zugesprochen, konnte sie von den Tantiemen der beiden Bücher die Hypothek sofort wieder ablösen und brauchte sich vermutlich über die Zukunft keine allzu großen Sorgen mehr zu machen.

Nachdem der Tod des Newcomers Antonio Amati in den Medien bekannt geworden war, würden nicht nur die Verkaufszahlen für das erste Buch erneut in die Höhe schnellen, sondern auch die Vorbestellungen für das nächste gewaltig ansteigen.

Bis dahin war noch eine Durststrecke zu überwinden, aber Elena wußte, daß sie es schaffen würde. Das Penthouse, für das Antonio bereits eine Anzahlung geleistet hatte, konnte sie ohne Verlust wieder verkaufen. Eine Sache von zwei Tagen; sie benötigte dazu nicht einmal einen Anwalt. Franco Nardi hatte sich netterweise darum gekümmert.

Während die Zeit verging, wurde auch der Schmerz allmählich leichter zu ertragen und Elena fing an, sich damit abzufinden, innerhalb weniger Sekunden zur

Witwe geworden zu sein. Eine ihrer hervorstechendsten Charaktereigenschaften war es, niemals aufzugeben. Sie war von Natur aus mit einer so großen Portion an Optimismus und Lebensfreude ausgestattet worden, daß sie sich jetzt nicht einfach im stillen Kämmerlein verkriechen und vor sich hin leiden konnte, bis sie selbst an gebrochenem Herzen starb, wie man so schön sagte. So etwas mochte es durchaus geben, aber dafür war Elena nicht geschaffen.

Außerdem zwang sie das Verantwortungsgefühl und ihre Liebe zu den beiden Söhnen dazu, aktiv zu werden und darauf zu achten, so schnell wie möglich über dieses Tief hinwegzukommen.

Nur manchmal, wenn sie in der Nacht allein in ihrem großen Ehebett lag, überwältigten sie Kummer und Angst. Dann ergab sie sich ihren Tränen und weinte still vor sich hin, bis sie von selbst versiegten. Sie redete sich ein, mit den Tränen ihren Kummer hinauszuschwemmen. Sie durfte ihn nicht in sich einsperren und unterdrücken, das hätte sie nur irgendwann verbittert.

So erlebte ihre Umgebung, wie Elena erstaunlich schnell wieder auf die Beine kam, sich aufrichtete und das Leben in gewohnter Weise in die Hand nahm. Sie lernte sogar wieder zu lachen; noch ein wenig schmerzlich zwar, mit einem bitteren Beige-

schmack, doch auch das würde sich mit der Zeit
lösen.

Maria stand in dieser schweren Zeit ihrer Freundin
voll zur Seite. Sonst nahezu unfähig, ihr eigenes
Leben zu meistern, zeigte sie hier erstaunlich viel
Einfühlungsvermögen und Tatkraft.

Michael stand dem Ganzen weitgehend hilflos gegenüber. Er ließ sich bei Elena nicht sehen, um sie
nicht noch mehr in Konflikte zu stürzen. Er hätte
auch nicht gewußt, was er sagen oder tun sollte.
Daher war er dankbar, daß Maria für Elena da war;
so erfuhr er auch regelmäßig, wie es seiner großen
Liebe ging.

Maria gingen Elenas Worte, daß sie und Michael
sich lieben müßten, nicht aus dem Kopf. Die
Freundin war verstört gewesen, als sie das
gesagt hatte, doch hatte sie es wirklich ernst
gemeint? Sie hatte Antonio geliebt, aber Maria wußte
genau, daß Michael nach wie vor in ihren Gedanken
lebte.

So etwas gab es: den Mann oder die Frau des
Lebens, für die man immer Liebe und Sehnsucht empfinden würde, ohne ihnen je näher
kommen oder mit ihnen leben zu können. Maria
konnte diese Gefühle inzwischen selbst nachemp-
finden, obwohl sie sich nach wie vor dagegen
wehrte.

Inzwischen war der Sommer gekommen, und es wurde brütend heiß. Wer das Pech hatte, direkt in Rom zu leben, hatte entweder eine gute Klimaanlage, einen Zweitwohnsitz außerhalb – oder keine Wahl.

Auch die Kinder kamen allmählich über den Verlust hinweg. Sandro war sehr viel mit Pietro zusammen; sie genossen ihre Ferien in vollen Zügen. Carla und Marco waren ohnehin unzertrennlich und die meiste Zeit unterwegs, manchmal auch übers Wochenende, auf irgendwelchen Städtetourneen mit der Band. Michael hatte wie immer viel zu tun; nach seiner abgeschlossenen körperlichen Rehabilitation widmete er sich wieder voll seiner Arbeit und schloß bessere Geschäfte denn je ab.

Maria machte ihm keinen Vorwurf. Er war eben so, das mußte sie akzeptieren. Sie hatte im Gegenzug den Vorteil, einen gewissen Luxus in Anspruch nehmen zu können – was sie auch tat.

Maria hatte so eine Menge Zeit und Muße, das Nichtstun zu genießen. Sie holte sich eine bequeme Liege, zog sie in die Sonne und nahm ein ausgiebiges Sonnenbad.

Sie war ein wenig eingedöst, als plötzlich ein Schatten über sie fiel. Sie öffnete die Augen zu schmalen Schlitzen und erkannte Franco.

„Du bist schon hier?" fragte sie erstaunt. „Ich dachte, du kommst erst heute abend..."

„Ich bin gekommen, um mich zu verabschieden", sagte er. Er ließ sich umständlich auf einem Stuhl neben der Liege nieder und betrachtete Maria mit einer seltsamen Mischung aus Zuneigung und Groll.

„Wie bitte?" Maria setzte sich auf und schirmte die Augen mit der Hand ab, um ihn besser sehen zu können. „Was ist denn passiert?"

Franco wich ihrem Blick aus. „Ich kann nicht kommen, das ist alles."

„Das tut mir leid. Was ist denn dazwischengekommen?" Sie begriff immer noch nicht.

„Ach, es ist..." Franco zögerte erst, dann brach es aber doch mit plötzlicher Heftigkeit aus ihm heraus: „Vielleicht solltest du für mich entscheiden: Wenn ich zum Essen komme, dann nur, um Michael zu sagen, daß ich dich liebe!"

Maria seufzte. Ihre Miene war verdrossen, als sie sagte: „Warum seid ihr Männer alle gleich?"

„Gleich aufrichtig?"

„Nein, wie dumme Jungs. So benimmst du dich! Deine Briefe sind da ganz anders."

„In meinen Briefen steht auch nicht viel anderes als das, was ich dir immer wieder sage", erwiderte Franco beleidigt. „Ich habe dir geschrieben, daß ich dich nicht vergessen kann. Daß ich dich begehre und nichts Unrechtes erträume, da deine Ehe quasi beendet ist!"

80

„Bis auf den winzig kleinen Umstand, daß ich von Michael schwanger geworden bin", wies Maria ihn ironisch zurecht.

„Und nun?" hakte er nach.

„Was, nun? Michael ist mein Mann!" Sie konnte ebenso starrsinnig sein wie er.

Francos Verärgerung wich dem Kummer. „Du hast dich also entschlossen..."

„Was?" unterbrach Maria ihn gereizt. „Ja, ich habe mich bereits vor vielen Jahren dazu entschlossen, mit Michael zusammenzusein. Was verlangst du denn? Daß ich hier alles im Stich lasse, in aller Eile meine Sachen packe und mit dir nach London fliehe?"

„In eine ungewisse Zukunft, ich weiß..." Franco rieb sich das Kinn. „Elena hatte also recht."

„Elena? Was hat sie damit zu tun?" Maria geriet allmählich in Fahrt. „Sag mal, was ist eigentlich in dich gefahren? Du schleichst dich hier ein und machst mir eine Eifersuchtsszene! Was verlangst du von mir... was verlangt ihr alle?" Ihre Augen verschossen blaue Blitze.

Franco zog den Kopf ein. „Ich kann nicht anders", sagte er leise.

Maria stand auf und schüttelte den Kopf. „Es gibt nichts, was ich noch entscheiden müßte, begreifst du das nicht? Du quälst mich, Franco... uns beide!"

Er hob traurig den Kopf und sah sie an. Sie stand jetzt ganz nahe bei ihm, äußerlich bebend vor Zorn. Aber in ihren Augen las er noch andere Gefühle, Zärtlichkeit und Liebe.

„Es gibt also keinen Ausweg?" fragte er verzweifelt. Die Sehnsucht war deutlich in sein Gesicht geschrieben.

Aber Maria blieb hart. „Wir haben doch über all das schon gesprochen, Franco. Was soll das bringen? Wir drehen uns immer nur im Kreis."

„Weil ich weiß, daß du ebenso wie ich empfindest", sagte er hartnäckig. „Ich will nicht, daß du eines Tages etwas zu bereuen hast."

„Bereuen?" Maria stieß ein humorloses Lachen aus. „Gesetzt den Fall, ich liebe dich... was dann? Hast du schon weiter gedacht als bis zu dem Moment, in dem wir uns in die Arme sinken? Romantische Geschichten mögen an diesem Punkt enden, aber wir, Franco, wir sind lebendig, wir befinden uns in der Realität! Bei uns hört es nicht auf mit dem Satz: „Und sie lebten glücklich und zufrieden bis an ihr seliges Ende"! Da fängt es doch erst an! Und ich frage dich, was! Was fängt da erst an?"

Franco schüttelte den Kopf und stand auf. „Das können nur wir gemeinsam herausfinden, Maria", sagte er leise. „Gut, ich respektiere deine Entscheidung. Aber, ich kann nicht einfach bei euch ein- und ausgehen, als wären wir nur Freunde. Verzeih mir,

82

aber das schaffe ich nicht. Leb wohl, meine Liebe. Du siehst wunderschön aus..."

Er hob die Hand und berührte ihr Gesicht, streichelte es unendlich zärtlich und voller Trauer. Sie wollte etwas sagen, aber er schüttelte den Kopf. Er spitzte kurz die Lippen zu einem imaginären Kuß und ging dann über die Wiese davon.

Maria sah ihm lange nach.

Elena und Marco hatten Pietro gemeinsam von der Schule abgeholt. Gerade, als sie zu Hause ankamen und aus dem Auto stiegen, hielt auch der Wagen von Ida Fratus vor dem Haus.

Als die Sozialfürsorgerin ausstieg, verschwand Pietro sofort in der Versenkung. „Ich bin nicht da!" rief er noch.

Elena mußte darüber lächeln. Sie stieg aus und begrüßte die Beamtin. Ida trug heute offene Haare und legere Kleidung, das konnte ja nichts Schlechtes bedeuten. Vielleicht war sie sogar privat da.

„Ich mußte sofort vorbeikommen!" erklärte sie halb atemlos ihren unangekündigten Besuch. „Ich habe die richterliche Anordnung gesehen, Elena: Die Adoption ist bewilligt. Pietro gehört damit offiziell zu eurer Familie!"

Elena stieß einen leisen Schrei aus und umarmte sie impulsiv. Sie hatte zwar mit diesem positiven Bescheid gerechnet, denn es war nur noch um einige

Formalitäten gegangen, trotzdem war ihre Erleichterung natürlich groß, die endgültige Bestätigung zu erhalten.

Pietro kam schüchtern aus dem Auto; er hatte nur halb begriffen, worum es ging. Marco hingegen um so besser, er umarmte den Bruder und wirbelte ihn in der Luft herum.

„Jetzt können wir dich endlich hemmungslos verdreschen!" jubelte er.

„Laß mich runter, Blödmann!" quittierte Pietro seine Bemerkung.

„Das muß gefeiert werden!" rief Elena. „Hast du noch Zeit, darauf anzustoßen, Ida?"

Die Sozialfürsorgerin schüttelte den Kopf. „Nein, leider nicht. Ich wollte es euch nur unbedingt persönlich sagen. Ich muß sofort weiter. In den nächsten Wochen erhaltet ihr dann den schriftlichen Bescheid. Ihr wißt ja, wie lange so etwas dauert! Aber ihr braucht euch keine Sorgen mehr zu machen. Nie mehr!"

Sie stieg in den Wagen und fuhr davon. Die gesamte Familie Amati winkte ihr voller Freude nach.

Bei all der Trübsal hatte es doch wenigstens einen Hoffnungsschimmer gegeben. Das war schon fast wie ein Aufschwung, ein neuer Anfang. Elena drückte das Kind an sich und küßte es, obwohl es Pietro mehr als unangenehm war. Schließlich geschah das auf offener Straße, und er war immerhin schon acht Jahre alt.

Aber Elena war das gleich. Pietro war nun offiziell ihr Sohn. Sie verwuschelte seine Haare und sah ihn an, als wäre es das erste Mal.

Maria und Michael verbrachten den Abend allein. Michael war ein wenig verstimmt über Francos voreilige Abreise. Er versuchte dennoch, Stimmung zu machen. Aber Maria wirkte geistesabwesend und nachdenklich. Sie war heute abend für romantische Gefühle nicht zu haben.

Ein Lichtschein an den Gardinen erregte Michaels Aufmerksamkeit. Er ging zum Fenster, schob den Vorhang beiseite und sah hinaus. „Was sagtest du? Geschäftliche Verabredung?" fragte er rätselhaft.

Maria erwachte aus ihrer Versunkenheit und trat neben ihn ans Fenster. Sie sah gerade noch, wie Franco Nardi, beladen mit einigen Pizzas, im Haus der Amati verschwand. Das Taxi, mit dem er gekommen war, wendete und fuhr ab, wobei die Scheinwerfer noch einmal das Fenster streiften.

„Vielleicht hat er recht...", äußerte sich Maria nicht weniger rätselhaft.

„Na ja, er hätte zumindest etwas sagen können, meinst du nicht auch?" meinte Michael mißmutig. „Vielleicht hat er sich auch nur geniert. Kränkt dich sein Verhalten?"

Maria schüttelte langsam den Kopf. Ihr Blick war weiterhin unverwandt aus dem Fenster gerichtet. „Nein, ich hatte es nur nicht erwartet."

Langsam entfernte sie sich und nahm ihr Weinglas. „Worauf wollen wir anstoßen?"

Etwa zwei Stunden später, als Michael gerade nicht im Raum war, beobachtete Maria wieder heimlich das Haus der Amati gegenüber – genau im richtigen Moment. Franco und Elena verabschiedeten sich voneinander mit einem Kuß, dann schloß sich die Haustür, und der Journalist machte sich allein auf den Weg.

Ohne sich recht zu besinnen, warf Maria sich den leichten Morgenmantel über ihr Spitzennachthemd und lief nach unten, über die Hintertreppe nach draußen.

Franco blieb überrascht stehen, als er sie kommen sah. „Maria!" sagte er.

„Hast du's denn so eilig zu gehen?" fragte Maria. Sie verlangsamte ihren Schritt und zog den leichten Mantel vor ihrer Brust zusammen.

Franco stand da und starrte sie immer noch an wie ein Gespenst. „Du sagtest doch heute nachmittag, ich solle gehen."

„Und daher hast du dich beeilt, meinen Wunsch sofort zu erfüllen, und mußtest nicht einmal weit gehen..." entfuhr es ihr. Im selben Moment kam sie sich dumm und kindisch vor. Sie hatte Franco heute nachmittag unberechtigte Eifersucht vorgeworfen, und wie benahm sie sich jetzt?

„Ich... ich verstehe nicht", stotterte Franco, sichtlich peinlich berührt.

„Entschuldige, ich benehme mich wie ein Idiot." Maria klopfte leicht mit den Fingerspitzen an ihre Stirn. „Ich habe überhaupt kein Recht, so zu reden... noch weniger, hier zu stehen."

„Ich reise morgen wirklich ab", erklärte Franco. „Ich war allein, verstehst du? Und Elena... ist auch allein. Ich mag ihre Kinder sehr, und ich schätze sie als guten Freund. Wir haben uns gegenseitig ein wenig über die Einsamkeit hinweggeholfen. Das ist alles."

„Franco, du brauchst dich überhaupt nicht zu rechtfertigen..."

„Aber ich rechtfertige mich doch gar nicht!" Franco machte einen Schritt auf sie zu und fuhr heißblütig fort: „Du bist die Frau, die ich liebe. Ich weiß, das klingt ziemlich kindisch für einen Mann meines Alters, aber mein Leben lang habe ich nach dir gesucht. Ich wußte es sofort, als ich dich das erste Mal sah: du warst stolz wie eine Leopardin, als du damals Michaels ehemaligen Partner öffentlich zum Narren machtest!"

„So ein Unsinn, daran kann ich mich ja kaum mehr erinnern", wehrte Maria ein wenig hilflos ab. Sie merkte, wie ihr Francos Blicke und seine leidenschaftliche Worte zu Kopf stiegen und eine Sehnsucht in ihr weckten – sinnliche Empfindungen, die sie längst verloren geglaubt hatte. Automatisch wich sie einen Schritt zurück, als Franco ihr näherkam.

Er blieb stehen. „Wovor hast du Angst?" fragte er sanft.

„Ich... ich habe keine Angst", murmelte sie. Dabei klapperten ihr die Zähne, obwohl es selbst zu dieser Stunde noch sehr warm war.

Der Himmel spannte sich wie ein pechschwarzes Tuch über sie, das von Myriaden glitzernder Sterne umsäumt wurde. Hinter den dunklen, sich in einem leichten Wind wiegenden Baumkronen stieg langsam der Mond auf und schickte sein bleiches Licht zwischen den Blättern hindurch.

Franco machte den nächsten Schritt. „O doch, Maria, du hast Angst... vor dir selbst. Vor dem, was zwischen uns geschehen könnte."

Er hatte sie schließlich erreicht, und sie machte keinen Versuch mehr auszuweichen. Sie sah zu ihm hoch, mit einem Blick, in dem sich Angst und Leidenschaft mischten.

„Du hast Angst, dir einzugestehen, daß du mich liebst", flüsterte Franco. „Warum hast du hier auf mich gewartet?"

Er stand jetzt so dicht vor ihr, daß sie seinen warmen Atem auf ihrem Gesicht spürte. Ein Schauer lief ihr den Rücken hinunter. „Ich wollte nicht, daß wir im Streit auseinandergehen", antwortete sie.

„Weißt du noch, als du mich geküßt hast?" stellte Franco plötzlich eine unerwartete Frage.

Verwirrt erwiderte Maria: „Aber, das war doch..."

„Ich weiß, wofür das sein sollte", unterbrach er mild. Behutsam legte er seine Hände auf ihre Schultern. „Aber hast du dich jemals gefragt, was dieser Kuß mir bedeutet hat?"

Sie schwieg.

Franco streichelte zärtlich ihre Schultern. „Sag's mir, Maria, ich flehe dich an. Jetzt... oder nie."

„Es ist..." begann sie hastig und erschrak dann vor ihrem eigenen Mut. Sie schüttelte den Kopf.

„Maria", wisperte er, nahe an ihrem Ohr.

Ihre Beherrschung brach zusammen. In wilder Erregung warf sie die Arme um seinen Nacken. „Ich liebe dich, Franco, ich liebe dich wirklich", flüsterte sie heißatmig. „Das ist die Wahrheit, aber ich kann nicht, ich schaffe es nicht... noch nicht! Bitte, versuch doch, mich zu verstehen!"

Sie versuchte die Umarmung zu lösen, doch Franco preßte sie an sich. Er hob sie beinahe hoch und küßte sie voller Leidenschaft. Maria ließ den Kopf in den Nacken sinken und erwiderte den Kuß, während ihre Arme ihn besitzergreifend umklammerten.

Michael ließ den Vorhang fallen und wandte sich langsam vom Fenster ab. Er hatte Maria nicht hinterherspionieren wollen, aber automatisch aus dem Fenster gesehen, als er sie nicht mehr im Zimmer vorgefunden hatte. Dabei war er unfreiwillig Zeuge der Begegnung im Garten geworden.

Nachdenklich und ein wenig traurig sah er vor sich hin. Ratlosigkeit malte sich auf seinen markanten Zügen ab.

5

„Pietro!" rief Elena. „Das Mittagessen ist fertig! Bitte komm rein!"

Suchend sah sie sich nach ihrem Sohn um, konnte ihn jedoch nirgends entdecken. „Pietro!" wiederholte sie.

„Komme schon, Mama!" hörte sie eine helle Kinderstimme, dann stürmte der Junge heran. Verschwitzt vom Spiel, aber glücklich. „Wir haben ein Indianerlager gebaut!"

„Na, toll. Deine Hände sehen aber eher so aus, als wenn du nach alten Knochen gegraben hättest!" sagte Elena lächelnd. „Rein mit dir und Hände waschen!"

Sie wollte sich gerade umdrehen, als sie noch jemanden kommen sah. Es war ein junger, bildhübscher Mann mit langen, dunkelblonden Locken, hell blitzenden Augen und einem absolut entwaffnenden Lächeln.

Irgendwie kam er Elena bekannt vor, aber sie wußte nicht, woher. „Kann ich etwas für Sie tun?" fragte sie förmlich.

„Aber ich bin's doch! Charlie!" sagte der junge Mann verlegen.

Schlagartig verfinsterte sich Elenas Gesicht. „Oh",
meinte sie. „Du hast dich aber verändert."

„Zum Besseren, hoffe ich." Charlie zeigte zwei
Reihen blendend weißer Zähne.

Das mußte Elena zugeben. Er wirkte gepflegt und
gesund, höflich und zuvorkommend. Ganz anders
als der Charlie von früher, der Francesca ein zweites
Mal ins Gefängnis gebracht hatte, weil er heimlich
Stoff bei ihr deponiert hatte.

„Ich kann nicht gerade sagen, daß du hier will-
kommen bist", sagte Elena kalt. „Ich habe nicht vergessen, was du Francesca und damit auch Pietro angetan hast."

Charlie nickte. „Deswegen bin ich jetzt hier.
Ich wollte mich erkundigen, wie es dem Jungen
geht."

Elena runzelte die Stirn. „Was bezweckst du damit?"

„Ich... ich..." Charlie machte ein hilfloses Gesicht.
Er schien sich jetzt selbst zu fragen, was er hier zu
suchen hatte. „Ich hatte wirklich Sehnsucht nach
dem Kleinen. Ich habe so oft an ihn denken müssen,
und da wollte ich eben einfach mal vorbeischauen
und..."

Er machte einen so verwirrten Eindruck, daß Elena
fast gerührt war. Dieser junge Mann besaß eine
Menge Anziehungskraft. Heute mehr denn je! Das
beeindruckte sogar eine erwachsene Frau wie sie.
„Ich habe ihn adoptiert", berichtete Elena.

Charlies Gesicht hellte sich auf. „Wie schön!" rief er begeistert. „Dann hat er ja eine richtige Familie. Das ist sehr wichtig."

„Ja. Sicher. Also dann, mach's gut." Elena wandte sich brüsk ab und ging zur Tür. Pietro rief von der Küche aus nach ihr. Er saß bereits am Tisch und wartete auf das Essen.

„Elena, ich..." begann Charlie, brach jedoch gleich wieder ab.

Elena drehte sich zu ihm um. In seiner Haltung und seinem traurigen Blick erinnerte er sie plötzlich an einen verlassenen Hund. Mitleid ergriff sie. „Willst du mitessen?" fragte sie. „Es reicht gut für drei."

Charlies Gesicht strahlte vor Freude. „Sehr gern, das ist wirklich nett!" Und schon war er im Haus.

Eine Weile aßen sie schweigend. Elena wußte nicht, worüber sie sich mit dem jungen Mann unterhalten sollte. Sie entstammten zwei völlig verschiedenen Welten.

Als Pietro fertig war, rannte er wieder in den Garten zu seinem Spielkameraden.

Darauf schien Charlie nur gewartet zu haben, denn er fing an: „Ich habe mich geändert und endlich den richtigen Dreh gefunden, aus meinem Leben etwas zu machen."

„Ach, wirklich?"

„Die Sache mit Francesca hat mir den Rest gegeben. Erstens, daß ich sie unschuldig ins Gefängnis

93

gebracht habe... und zweitens, daß sie dann so elend sterben mußte. Ich war für einige Zeit von der Rolle, hatte überhaupt kein Ziel mehr. Dann traf ich zufällig Remo."

Elena goß Wein in beide Gläser nach, und sie tranken.

„Remo ist ein alter Mann, der sich um Leute wie mich kümmert", fuhr Charlie fort. „Er hat ein großes Gut gepachtet und dort eine Resozialisierungskommune eingerichtet. Finanziert wird das Ganze teilweise durch staatliche Förderung, aber auch durch Sponsoren. Natürlich hapert es trotzdem an allen Ecken und Enden. Anfangs habe ich gedacht, ich drehe dort durch. Aber als ich dann überm Berg war, war ich ein neuer Mensch."

Er schob die Ärmel zurück und zeigte seine Arme. „Ich bin absolut clean, Elena, und ich werde es den Rest meiner Tage bleiben. Ich fasse dieses Teufelszeug nie mehr an. Inzwischen bin ich Remos rechte Hand und unterstütze ihn nach besten Kräften. Ich... kenne mich ja gut genug aus."

Elena musterte den jungen Mann prüfend. „Warum erzählst du mir das alles?"

Charlie rieb sich verlegen den Nacken. „Na ja... weil Francesca hier bei euch so glücklich war, und weil Pietro hier lebt. Ich habe damals nur wenig von eurer Familie mitbekommen, aber das hat mich so beeindruckt, daß ich einfach das Verlangen

94

hatte, noch einmal herzukommen. Und vielleicht interessieren sich Carla und Marco für meine Arbeit. Unterstützung Außenstehender ist nämlich sehr wichtig, weißt du. Wenn unsere Leute dort Kontakt zu sogenannten normalen Gleichaltrigen bekommen und erleben, daß das Leben auch anders verlaufen kann, hilft uns das sehr und senkt die Rückfallquote. Wichtig ist, daß man möglichst aus der Szene herauskommt, verstehst du? Ich habe den Sprung dank Remo geschafft und arbeite jetzt bei ihm, aber das kann natürlich nicht jeder."

Elena dachte einen Moment nach. „Ich verstehe, was du meinst", behauptete sie dann.

„Ich kann Francesca nicht mehr lebendig machen, aber ich möchte zumindest teilweise meine Fehler wiedergutmachen", fuhr Charlie fort. „Ich will mir eine zweite Chance verdienen."

„Wenn das alles stimmt, was du sagst, dann hast du sie dir bereits verdient." Elena stand auf und räumte den Tisch ab. „Ich habe nichts dagegen, wenn du Kontakt zu Marco aufnimmst. Und wenn ihr auf Öffentlichkeitsarbeit Wert legt, kann ich dir einen Journalisten vermitteln, der sich vielleicht für eure Arbeit interessiert. Dadurch findet ihr eventuell weitere Sponsoren."

Charlie rieb sich begeistert die Hände. „Das wäre ganz fantastisch! Und ich hätte noch eine große

Bitte, Elena: Darf ich Pietro hin und wieder besuchen?"

Elena wandte sich ihm zu und stellte eine offene Frage: „Denkst du, du bist sein leiblicher Vater, Charlie?"

Charlie errötete leicht, und das war ein weiterer Pluspunkt für ihn. Elena war erneut gerührt. Ein junger Mann, der noch rot werden konnte, der konnte wirklich kein schlechter Mensch sein. Offensichtlich hatte er sich wirklich grundlegend gewandelt, nachdem er endlich begriffen hatte, was er sich selbst und anderen angetan hatte.

Andererseits stellte er damit aber auch wieder eine Bedrohung dar, und zwar, wenn er auf die Idee kommen sollte, plötzlich Ansprüche auf Pietro zu stellen.

Unwillkürlich strich sie über die Adoptionsurkunde, die sie deutlich sichtbar an einen Küchenschrank gepinnt hatte.

„Francesca hat es mir nie gesagt", murmelte Charlie. „Es ist wohl mehr ein Wunsch als eine Tatsache. Ich will es aber nicht feststellen lassen!" fügte er dann schnell hinzu, als er Elenas besorgten Blick sah. „Ich könnte für ihn niemals so sorgen wie du. Pietro gehört hierher, und wenn ich ab und zu herkommen darf, habe auch ich so etwas wie eine Familie. Nur darauf kommt es mir an." Bittend sah er Elena an.

„Nun, das kommt alles etwas überraschend", meinte sie. „Ich kenne dich nicht, Charlie. Aber hin und wieder... habe ich nichts dagegen. Melde dich aber bitte vorher an."

„Keine Sorge, das mache ich bestimmt." Charlie kramte umständlich eine verknitterte Visitenkarte aus einer Tasche seiner Jeans hervor. „Das hier ist Remos Adresse. Du kannst dort anrufen und dich davon überzeugen, ob ich die Wahrheit gesagt habe oder nicht!"

Elena lachte. „Ich werde erst einmal Marco hinschicken. Trotzdem danke!"

Charlie nickte ernst. „Ich habe zu danken. Bis zum nächsten Mal, Elena."

Am Abend hockten Marco und Pietro gemeinsam vor der Glotze. Elena hatte ein ausgiebiges Bad genommen und sich die Haare gewaschen.

Als das Telefon klingelte, nahm sie im Schlafzimmer ab. Ihr Pulsschlag erhöhte sich unwillkürlich, als sie Stefania Tealdis Stimme erkannte.

„Elena, ich habe im Labor angerufen und erfahren, daß du den Termin nicht wahrgenommen hast", sagte die Ärztin.

Elena bekam sofort ein schlechtes Gewissen – und Angst. Stefania schien die Sache wirklich ernst zu nehmen. „Es tut mir leid, Stefania, aber ich konnte einfach nicht."

„Ja, natürlich. Deshalb habe ich auch jetzt erst angerufen. Ich weiß, was du in den letzten Wochen durchmachen mußtest, Elena. Wie fühlst du dich jetzt?"

„So langsam rapple ich mich wieder hoch."

„Gut. Dann denk bitte auch an die Biopsie. Du darfst sie nicht hinauszögern. Wir müssen unbedingt Gewißheit haben, das ist dir doch klar?"

Elena schwieg einen Moment.

„Elena? Bist du noch dran?"

„Ja." Elena schluckte. „Ich habe schreckliche Angst, Stefania", sagte sie dann leise.

Die Stimme der Ärztin wurde sanft. „Ich weiß. Aber du machst es nicht besser, indem du einfach nicht hingehst. Sollte es tatsächlich ernst sein, haben wir die besten Chancen bei einer Früherkennung. Je länger du wartest, desto gefährlicher wird es. Dabei kann dir die Angst nicht helfen."

„Ich mache in den nächsten Tagen einen Termin aus, ich verspreche es. Auf Wiederhören, Stefania."

Als Elena aufgelegt hatte, brach sie in Tränen aus. In diesem Moment vermißte sie Antonio so schmerzlich, daß sie es kaum ertragen konnte. Sie war ganz allein mit ihrer Angst. Es war niemand da, der sie moralisch unterstützte und ihr Mut zusprach. Niemand, der sie zwang, zu dieser dummen Biopsie zu gehen, der den Umschlag dann öffnete und zuerst erfuhr, wie das Ergebnis lautete.

Sie hatte den Besuch bei der Ärztin einfach verdrängt, seit sie Witwe geworden war, und sich auf alles andere konzentriert, nur nicht auf sich selbst. Aber diese Dinge ließen sich nicht einfach wegwünschen, sie verschwanden nicht von selbst, wenn man sie ignorierte. Auch, wenn sie das Gefühl hatte, daß sich nichts verändert hatte, war der kleine Knoten trotzdem noch da. Sie konnte ihn spüren, wenn sie darüberstrich, und hin und wieder machte er sich mit einem Stich bemerkbar.

Ihr Verstand wußte genau, was zu tun war. Aber half das ihrem Herzen? Linderte das die Angst?

Elena fuhr zusammen, als die Türglocke schrillte. Hastig wischte sie die Tränen weg, warf sich den Morgenmantel über und ging nach unten. Natürlich waren ihre beiden Söhne in einen Film vertieft und hatten die Welt um sich herum völlig vergessen. Also blieb Elena nichts anderes übrig, als mit nassen Haaren zu öffnen.

Draußen standen Maria, Carla, Sandro und Michael mit einer Sektflasche in der Hand. Alle vier strahlten.

„Überraschung!"

Sandro stürmte sofort ins Wohnzimmer. Carla bekam einen Lachanfall, als der verstörte Marco in Unterhosen an ihr vorbei die Treppe hinaufschoß, und folgte ihm.

„Wir wollten mit dir auf die erfolgreiche Adoption anstoßen, Elena", sagte Maria. „Und dann gehen wir alle hinüber zu uns zum Abendessen..."

Elena war völlig überrumpelt. Sie strich sich verlegen über die streng zurückgekämmten, nassen Haare und raffte den Morgenmantel vorn zusammen. „Na ja, ich... bin nicht gerade auf eine Einladung vorbereitet..." stotterte sie. Dann ging sie ins Wohnzimmer und holte die Sektflöten aus der Anrichte.

„Wir freuen uns alle so sehr für dich, daß die Sache endlich ausgestanden ist, Elena", sagte Michael fröhlich und entkorkte fachmännisch die Flasche. Er goß die Gläser voll, und Maria verteilte sie.

„Du hast wohl geglaubt, daß das einfach so spurlos an uns allen vorübergeht", tadelte Maria gutgelaunt.

„Na ja... heute schon...", murmelte Elena. „Wir wollten nämlich gerade zu Bett gehen..."

„Ach, weißt du, was?" rief Maria. „Wir lassen uns das Essen einfach rüberbringen, wir haben wirklich etwas Gutes vorbereitet!"

In diesem Moment klingelte es erneut. Elena stellte mit verwirrtem Gesichtsausdruck das Sektglas ab. Wer konnte denn jetzt noch kommen?

Vor der Tür stand Franco, beladen mit einigen Pizzas und einigen Flaschen Wein in einer Tüte. „Entschuldige den Überfall, aber ich dachte, das Ereignis müßte wenigstens ein bißchen gefeiert werden..."

Er lief in Richtung Wohnzimmer und blieb überrascht stehen.

„Franco!" rief Michael erstaunt. „Ich dachte, du wärst in London!"

„Es geht momentan ständig hin und her..." antwortete der Journalist ausweichend.

Eine peinliche Stille breitete sich aus.

Elena wäre am liebsten im Erdboden versunken. Um die Situation wenigstens ein bißchen zu retten, sagte sie in hektischer Fröhlichkeit: „Franco, nimm dir doch auch ein Glas, es ist noch genug da! Dann können wir endlich alle miteinander anstoßen!"

Sie griff nach ihrem Glas und verschüttete vor lauter Nervosität ein paar Tropfen, was sie mit gekünsteltem Lachen überspielte. Sie hob das Glas und rief laut: „Prost!"

„Also", sagte Maria, nachdem sie die Gläser wieder abgesetzt hatten, „wir werden dann mal wieder gehen. Entschuldige bitte den unangemeldeten Besuch, Elena."

„Aber nein, bitte bleibt doch noch! Laßt uns wenigstens die Flasche austrinken..." stammelte Elena verstört. Sie packte die Flasche und verteilte den Rest in die Gläser.

Das hob die Stimmung jedoch keineswegs. Alle standen verlegen im Zimmer herum.

Michael trank sein Glas in einem Zug leer. „Die Einladung bleibt auf alle Fälle bestehen, Elena",

101

sagte er freundlich. „Kommt, Kinder, gehen wir. Einen schönen Abend noch. Ciao, Franco." Er stellte das Glas ab und ging zur Tür. Maria und Carla folgten hastig, und nach kurzem Zögern auch Marco, der Carla noch etwas nachrief.

Pietro verabschiedete sich von Sandro und ging dann hinauf in sein Zimmer.

Elena und Franco blieben allein zurück.

„Meine Güte", sagte Franco, während er Elena half, die Gläser und das Essen in die Küche zu bringen, „da habe ich ja einen schönen Bock geschossen."

„Das war gerade die peinlichste Viertelstunde meines Lebens", seufzte Elena. „Verstehst du, ich in diesem Aufzug... da stehen sie plötzlich vor der Tür und wollen mir eine Freude machen, und dann kommst du noch mit dem Essen..."

„Was denkst du, wie ich mir gerade vorkam? Am liebsten hätte ich mich unsichtbar gemacht oder die Zeit zurückgedreht. Das ist absolut dumm gelaufen. Tut mir sehr leid, Elena."

„Ach was, du kannst nichts dafür. Niemand kann etwas dafür. Es tut mir nur leid, daß ich meinen Freunden die Freude verdorben habe. Aber ich bin heute abend wirklich nicht in Partylaune."

„Tja, und jetzt bleiben wieder einmal nur wir beide übrig." Franco entkorkte den Wein und prüfte ihn „Meine Liebe, ich habe sehr wohl gesehen, welchen Eindruck mein Erscheinen auf Michael gemacht hat.'

„Bild dir bloß nichts ein!" fuhr sie auf. „Was Michael denkt oder tut, interessiert mich überhaupt nicht. Mir hingegen ist aufgefallen, wie Maria reagiert hat. Und das war sogar gut."

„Wie meinst du das?"

„Vielleicht hilft es ihr, endlich die richtige Entscheidung zu treffen."

Franco schüttelte den Kopf. „Ich glaube, daß sie das nie schaffen wird", sagte er traurig.

„Das kann doch auch die richtige Entscheidung sein." Elena wischte nervös mit einem Lappen über die Spüle. „Sieh mal, wir beide verstehen uns doch wunderbar. Diese Freundschaft ist mir inzwischen mehr wert als jede Liebe."

„Red doch keinen Unsinn, Elena."

„Nein, ich meine es absolut ernst. Ich will keine Liebesbeziehung zu einem Mann mehr. Ich will keine Schmerzen mehr aushalten müssen. Nie wieder!"

Franco betrachtete sie lange. Dann deutete er auf die Pizzaschachteln. „Wollen wir sie nicht trotzdem essen? Es wäre doch schade drum."

Elena nickte abwesend.

Als Michael einmal früher aus dem Büro nach Hause kam, sah er Elena und Franco aus Elenas Wagen aussteigen. Sie schleppten eine Menge Gartenpflanzen und schienen überaus gutgelaunt zu sein, denn sie zeigten lachende Gesichter.

Als sie Michael entdeckten, winkten sie fröhlich. Er brachte jedoch nur ein schwaches Lächeln zustande und fuhr dann rasch zu seiner Garage weiter. Wilde Eifersucht nagte in ihm. Franco Nardi ging bei den Amati ein und aus, als gehörte er schon voll und ganz dazu. Er kümmerte sich um Elena und stand ihr zur Seite, wie es seine, Michaels, Aufgabe gewesen wäre.

Aber Elena verschloß sich vor ihm. Sie wollte nichts mehr von ihm wissen. Das konnte er einfach nicht verstehen. Sie liebte ihn doch! Er konnte nicht glauben, daß diese Liebe vergangen sein sollte. Er spürte genau, daß sich zwischen ihnen nichts geändert hatte, sobald er ihr nahe genug kam. So war es auch an dem katastrophalen Abend gewesen, als sie Elena die Überraschung bereiten wollten. Sie hatte hinreißend ausgesehen in ihrer ungeschminkten, natürlichen Schönheit und mit ihren nassen Haaren... Es war ihm ungeheuer schwergefallen, gelassen zu bleiben und sie nicht einfach in die Arme zu nehmen. Und er hatte gespürt, daß auch Elena verwirrt gewesen war durch seine unerwartete Nähe. Ein Teil ihres Panzers war an dem Abend verschwunden gewesen.

Michael verstand auch Francos Verhalten nicht. Er hatte die heimlich beobachtete Szene zwischen ihm und Maria in jener Nacht im Garten nicht vergessen. Er hatte nun die Gewißheit, daß Maria den Journalisten liebte. Von Francos Zuneigung zu Maria wußte er schon sehr lange. Der Mann war nicht sehr geübt darin, sich zu verstellen. Warum also tat er Maria jetzt so offenkundig weh? Wollte er sich an ihr rächen?

Wollten sich beide an den Gilberts rächen, weil sie immer noch an ihrer Ehe festhielten wie an einem Rettungsanker? Michael wollte das ganz und gar nicht, aber Elena zwang ihn durch ihr Verhalten dazu. Immer wieder jagte sie ihn zu Maria zurück, appellierte an sein Verantwortungsbewußtsein oder sein schlechtes Gewissen.

Aber daß er nun auch noch diese Szenen nebenan so hautnah mitbekommen mußte...

Er verließ den Wagen und nahm seine Aktentasche. Da war er endlich einmal früher nach Hause gekommen, und nun war seine ganze Laune verdorben.

Er mußte sich irgendwie abreagieren – und fand sofort ein geeignetes Opfer: Carla hockte mit geschlossenen Augen auf dem Geländer der Eingangstreppe und sang leise zu einer Musik aus dem Walkman vor sich hin.

Dieses Musikgeplänkel war Michael schon lange ein Dorn im Auge. Carlas schulische Leistungen waren in letzter Zeit nicht gerade berühmt. Andauernd steckte sie mit diesem jungen Musiker zusammen. Begriff sie nicht, daß man sich so kein

Leben aufbauen konnte? Daß das absolut keine Sicherheit bot?

Hinzu kam noch die väterliche Eifersucht, die aus der Tatsache erwuchs, daß seine Tochter langsam erwachsen wurde. Aber das hätte Michael natürlich niemals zugegeben.

Er sprach Carla ruhig an, und als sie nicht reagierte, wurde er zunehmend lauter. Sie öffnete die Augen und nahm die Kopfhörer-Stöpsel aus den Ohren.

„Entschuldige, ich höre mir gerade ein Lied von Marco an", erklärte sie fröhlich.

„Genau das ist es", ereiferte sich Michael. „Man kann sein Leben nicht nur mit Musikmachen verbringen. Marco kann von mir aus machen, was er will, aber nicht mit dir! Das lasse ich einfach nicht zu!"

Sie stieg sofort darauf ein. „Was meinst du denn damit?" fragte sie aggressiv zurück. „Marco besucht weiterhin regelmäßig die Universität und hat gute Noten. Er spielt mehrere Musikinstrumente hervorragend, und außerdem arbeitet er nebenher sogar."

„So? Das ist ja überaus lobenswert", quittierte Michael ihre Antwort wegwerfend. „Aber wir reden jetzt über dich: Du bist nämlich keine große Leuchte in der Schule, und anstatt dich endlich auf den Hintern zu setzen und deine Leistungen zu verbes-

106

sern, vertrödelst du die ganze Zeit mit diesen Musikanten! Oder beschränken sich deine Zukunftspläne darauf, Sängerin in einer Jugendband zu sein?"

Carla sprang aufgebracht vom Treppengeländer herunter. „Ich habe nie im entferntesten daran gedacht, daß das meine Zukunft sein könnte!" schrie sie ihren Vater an. „Aber es ist meine Gegenwart – und die gefällt mir!" Wütend rannte sie ins Haus.

Michael rannte ihr, nicht weniger aufgebracht, hinterher. Allerdings war er vor allem auf sich selbst wütend. Er hatte sich ja wieder mal ganz schön selbstherrlich benommen und das Klischee des typischen Familienvaters voll erfüllt.

„Das halte ich einfach nicht mehr aus!" schimpfte Carla vor sich hin, während sie in ihr Zimmer stürmte. Sie griff unter das Bett und zog eine zerknitterte Zeitung hervor, in der einige Anzeigen rot eingekreist waren.

Marco hat schon genug verdient, so daß wir jetzt endlich anfangen können. Es hat einfach keinen Sinn mehr! In diesem Haus schreit jeder nur jeden an. Das muß dringend anders werden!

Sie griff zum Telefon und wählte die erste Nummer.

Heute abend, wenn Marco zurück ist, kann ich ihm bestimmt eine gute Nachricht überbringen, dachte sie voller Hoffnung.

107

Franco und Elena waren mit dem Abendessen in der Küche beschäftigt, als Marco mit ernstem Gesicht auftauchte.

„Eh, du kommst gerade recht!" rief Franco. „Wir sind bald fertig, dann können wir alle zusammen essen."

„Ja, das ist sehr schön", meinte Marco zerstreut. Er sah Elena an. „Kann ich dich einen Moment allein sprechen?"

Elena ließ sofort das Messer fallen. „Natürlich." Besorgt folgte sie Marco in sein Zimmer. Welche Hiobsbotschaft mochte jetzt wieder auf sie lauern?

„Mir ist vorhin etwas Dummes passiert", begann Marco. „Ich bin über deine Tasche gestolpert und habe sie ausgeleert... Beim Einräumen ist mir dann das da aufgefallen." Er hielt Elena ein Papier hin.

Sie brauchte es gar nicht in die Hand zu nehmen, um zu erkennen, was er da gefunden hatte.

„Warum hast du mir nichts davon gesagt?" fragte er sie vorwurfsvoll.

Elena zuckte die Achseln. „So etwas ist doch nichts Besonderes, Marco."

„Verkauf mich bitte nicht für dumm", verwahrte sich der junge Mann. „Ich weiß, was eine Biopsie ist. So etwas wird nicht ohne Grund durchgeführt."

„Es kann alles aber trotzdem ganz harmlos sein."

„Elena, weshalb redest du nicht mit mir darüber? Denkst du, ich bin zu jung?"

Elena rieb sich den Oberarm. „Nein, natürlich nicht, Marco. Aber du hast genug um die Ohren. Ich wollte mich erst dazu äußern, wenn ich Konkreteres weiß. Jetzt brauchen wir die Pferde doch noch nicht scheu zu machen. Es steht bisher nicht das Geringste fest."

Marco beobachtete sie mit einem lauernden Blick. „Und was genau steht noch nicht fest?"

Elena zögerte. Aber sie begriff, daß Marco nicht locker lassen würde, bis sie endlich mit der Wahrheit herausrückte. Also berichtete sie ihm in kurzen Worten. „Aber mach dir jetzt um Himmels willen nicht zu viele Gedanken darüber!" ermahnte sie ihn mit fester Stimme. „Ich möchte auch nicht, daß du mit irgend jemandem darüber sprichst – nicht mit Carla, Franco oder sonst jemandem. Das verlange ich von dir! Denn es ist immer noch mein Problem und meine Entscheidung, wie ich damit umzugehen gedenke!"

Marco nickte zustimmend. „Ja, sicher ist es besser, erst einmal abzuwarten. Aber du solltest das trotzdem nicht allein durchziehen, Elena. Wir sind doch eine Familie. Ich werde mitgehen und dich unterstützen."

Sie lächelte. „Danke, Marco. Das hilft mir bestimmt."

Er streichelte ihren Arm. „Du hast große Angst vor dem Ergebnis, stimmt's?" flüsterte er.

Elena nickte. „Du ahnst gar nicht, wie große. Irgendwie bin ich jetzt doch froh, daß du dahintergekommen bist..."

Von unten rief Franco herauf: „Marco, Carla ist gerade gekommen. Sie sagt, sie müsse dich unbedingt sprechen."

Elena und Marco sahen sich an. „Bei dir stehen die Frauen ja schon Schlange, um sich beraten zu lassen", scherzte Elena und sie lachten beide.

6

Der Sommer neigte sich allmählich dem Ende zu. Die Kinder genossen ihre Ferien nach Herzenslust und kamen jeden Tag auf neue Streiche. Die Nächte brachten endlich wieder ein wenig Linderung nach der glühenden Tageshitze.

Kurz vor der Dämmerung lag das Haus der Amati in völligem Dunkel. Auch die Villa der Gilberts lag still da und aus keinem der Fenster drang Licht. Die beiden Gartenlaternen erhellten schwach die Vorderfront, doch der Rest des Hauses und der Garten waren von der Finsternis eingeschlossen.

Niemand bemerkte die drei heimlichen Schatten, die seitlich über die Gartenmauer hereinkamen und sich lautlos verteilten. Einer der Schatten schlich zur Garage und machte sich dort an der Alarmanlage zu schaffen. Die anderen beiden warteten vor der Küchentür, bis das verabredete Zeichen ertönte. Das Schloß war rasch geknackt, und alle drei huschten lautlos ins Haus.

Ramon, der zufällig aufgestanden war, um sich etwas zu trinken zu holen, wurde niedergeschlagen und war bewußtlos, bevor er überhaupt wußte, was mit ihm geschah.

Zwei der Einbrecher rafften nun in Windeseile die wertvollsten Gegenstände im Salon, in der Diele und den anderen Räumen zusammen.

Der dritte schlich leise nach oben zu den Schlafzimmern. Nacheinander öffnete er die Türen, bis er Maria entdeckte, die fest schlief. Als er ihr den mit Chloroform getränkten Wattebausch aufs Gesicht drückte, erwachte sie und schlug um sich, aber nur sehr kurz. Sie wurde schnell bewußtlos, und ihr Kopf sank zur Seite.

Danach schlich der Einbrecher zu Sandros Bett und rüttelte das Kind, das jedoch nicht erwachte. Seine Kumpane befanden sich inzwischen ebenfalls im Obergeschoß und durchwühlten Marias Schlafzimmer.

Der dritte Einbrecher schlich sich jetzt in Carlas Zimmer.

Carla erwachte abrupt aus ihrem Traum, ohne sich erklären zu können, weshalb. Sie streckte sich und drehte sich auf den Rücken. Verschlafen öffnete sie die Augen – und erschrak fast zu Tode, als sie undeutlich im Dämmerlicht, das durch das Fenster von draußen hereinfiel, eine schwarz vermummte Gestalt sah, die sich über sie beugte. Sie fuhr hoch und öffnete den Mund zu einem Schrei, der jedoch durch einen kräftigen Schlag auf die Wange unterbunden wurde. Ihr Kopf wurde ins Kissen zurückgeschleudert, und im nächsten Moment verschloß ein Stück Klebeband ihren Mund. Carla stieß unterdrückte Schreie aus und wehrte sich verzweifelt mit Händen und Füßen gegen den Einbrecher, der die Bettdecke wegriß und sie trotz ihrer Tritte und Schläge mühelos an Armen und Beinen fesselte.

Mit schreckgeweiteten Augen starrte das Mädchen zu dem Mann hoch, der jetzt einen Augenblick verharrte und sie betrachtete. Durch den Kampf war ihr Nachtshirt bis zu den Schenkeln nach oben gerutscht, und Carla erkannte sofort das begierige Aufblitzen in den Augen des Einbrechers.

Sie erstarrte, als er sich erneut über sie beugte und eine Hand auf ihren Schenkel legte. Flehend und mit weit aufgerissenen Augen versuchte sie den Blick des Mannes von sich abzuwenden und ihn daran zu hindern, ihr etwas anzutun. Sie wagte es nicht einmal mehr, mit einem Muskel zu zucken. Die panische Angst trieb ihr die Tränen in die Augen, sie atmete hektisch und ihr Herz raste.

Die Hand des Mannes wanderte langsam weiter nach oben, seine Augen funkelten in wilder Begierde.

Carla wimmerte nur noch und bewegte schwach verneinend den Kopf, völlig verzweifelt vor Angst und Hilflosigkeit.

Da erschien plötzlich ein weiterer Einbrecher in der Tür. „Toni!" zischte seine heisere, mit Sicherheit

113

verstellte Stimme. „Laß das, wir müssen weg! Draußen wird es schon hell!"

Der Mann zögerte noch. Da stieß ihn der andere einfach beiseite und machte ihm durch heftige Gesten deutlich, daß er zu folgen hatte. Dann beugte sich der zweite Einbrecher kurz über Carla.

Da erkannte das Mädchen, daß es eine Frau war – das waren nicht die Augen eines Mannes. Am Hals der Einbrecherin hing an einer langen Kette ein kleiner, antik anmutender Schlüssel.

Die Vermummte hob die Decke vom Boden auf und deckte Carla damit zu. Dann verschwand sie schnell und lautlos wie ein Schatten aus dem Zimmer.

Als Michael nach Hause kam, fiel ihm sofort die unnatürliche Stille auf. Gewiß, es war noch sehr früh, und sicher schliefen alle noch... aber dennoch konnte hier etwas nicht stimmen.

Langsam zog er den Mantel aus, hängte ihn in die Garderobe und betrat den Salon.

Um ein Haar blieb ihm das Herz stehen, als er das Chaos sah – sperrangelweit geöffnete Schranktüren, herausgerissene Schubladen, überall fehlten Kunstwerke und Bilder an den Wänden.

„Um Gottes willen!" keuchte er. „Maria! Maria, kannst du mich hören?"

Er wurde kreidebleich, als er plötzlich einen stöhnenden Laut hörte. Maria kam im Nachthemd die

Treppe heruntergestolpert. Sie taumelte ihm entgegen und hielt sich den Kopf mit beiden Händen.

„Michael..." stieß sie lallend hervor, als ob sie schwer betrunken wäre, „sie haben mich betäubt... die Kinder sind noch oben..." Sie verdrehte die Augen und sank zu Boden.

Michael konnte sie gerade noch rechtzeitig auffangen und hielt sie in seinen Armen. „Maria, bitte bleib wach!" drängte er. Er schüttelte sie heftig. Ihr Kopf baumelte haltlos hin und her. Der starke Chloroformgeruch, der noch an ihrem Kleid und ihren Haaren haftete, machte ihn selbst schwindlig. Er trug sie die Treppe hinauf und legte sie in ihrem Zimmer vorsichtig aufs Bett.

Seine Brust war wie eingeschnürt, als er dann voller Angst in Sandros Zimmer stürzte. Der Kleine schlummerte immer noch selig.

„Signor Gilbert..." Ein schwacher Laut von der Treppe. Michael raste hinaus. Ramon hatte sich heraufgequält, von seiner mächtig angeschwollenen Stirn tropfte Blut. „Telefon... geht nicht..."

„Einen Moment, Ramon, mein Handy ist unten!" schrie Michael und wäre beinahe die Treppe hinuntergestürzt, als er unterdrückte Laute aus Carlas Zimmer hörte.

„O Gott, Carla, ja, ich komme ja schon", ächzte er. Er rannte in Sandros Zimmer zurück, riß den Kleinen in seine Arme und stürzte mit ihm in Carlas Zimmer.

115

Sandro kam allmählich zu sich und glotzte verwundert um sich, während Michael in fliegender Hast seine Tochter von den Fesseln befreite und ihr das Band mit einem Ruck vom Mund zog. Carla stieß einen Schrei aus und brach in verzweifeltes Schluchzen aus.

Michael preßte sie an sich, zusammen mit Sandro. Er zitterte so heftig, daß er sich kaum auf den Beinen halten konnte. Er sank halb auf die Bettkante und mußte sich mit einem Knie auf dem Boden abstützen.

„Papa, Papa!" weinte Carla. „Es war so schrecklich, und dann war da dieser Mann!"

„Verzeih mir, verzeih mir, verzeih mir", stammelte Michael außer sich. Tränen stürzten aus seinen Augen, und sein Herz schmerzte so arg, daß er für einen Moment befürchtete, einen Herzanfall zu erleiden. Unablässig drückte er die Kinder an sich, streichelte sie und flehte um Vergebung. „Ich habe euch allein gelassen... nur, weil ich euch allein gelassen habe... das darf nie mehr geschehen... o mein Gott..."

„Elena!" schrie Marco nach oben. „Komm schnell, die Carabinieri stehen vor dem Haus der Gilberts!"

Elena ließ sofort den Kamm fallen und lief die Treppe hinunter. Sie öffnete die Haustür und sah erschrocken drei oder vier Polizeiwagen und ein

116

gewaltiges Aufgebot an Polizisten vor der nachbarlichen Villa.

„Großer Gott", entfuhr es ihr. „Komm, Marco, wir müssen sofort hinüber."

Sie warf einen Blick die Treppe hinauf, aber Pietro schlief offenbar fest. Sie packte Marcos Hand und hastete mit ihm zur Villa hinüber. Der Polizist wollte sie zuerst abwimmeln, aber Michael fuhr dazwischen.

Elena erschrak über seinen Zustand. Seine breiten Schultern waren nach vorne gebeugt, sein Gesicht wirkte ganz grau und eingefallen. Er schien um Jahre gealtert und in sich zusammengeschrumpft. Seine Hände zitterten, als er Elenas Arm ergriff und sie zum Salon zog.

„Marco, du solltest nach Carla schauen... sie ist oben..." sagte er. Seine Stimme klang rauh, wie belegt.

„Was ist denn bloß geschehen?" hauchte Elena. Vor Schreck blieb ihr selbst fast die Stimme weg.

„Ein Einbruch..." berichtete Michael stammelnd. „Maria und den Kindern ist weiter nichts geschehen... Gott sei Dank!... Ich weiß nicht, was ich getan hätte, wenn..." Er konnte nicht mehr weitersprechen. Er preßte die Hände vors Gesicht und wurde von einem unterdrückten Schluchzen geschüttelt.

„Wie furchtbar", flüsterte Elena. Als Michael auf einen Stuhl sank, den Kopf immer noch in den

117

Händen vergraben, stellte sie sich neben ihn, legte einen Arm um ihn und streichelte ihn tröstend mit der anderen Hand. „Du mußt jetzt tapfer sein, sie brauchen dich..."

„Du verstehst das nicht", stöhnte Michael. „Als sie mich am dringendsten gebraucht hätten, war ich nicht da... ich war nicht hier, um sie zu beschützen! Ich hab' sie allein und im Stich gelassen..."

„Um so wichtiger ist es, daß du ihnen jetzt zur Seite stehst, das wird ihnen wieder Mut machen", versuchte Elena ihn aufzurichten. „Es wird leichter für sie, diesen Schrecken zu überwinden, wenn du sie jetzt beschützt!"

Michael schüttelte den Kopf. Elena schmerzte es mehr als alles andere, diesen starken Mann so völlig außer Fassung zu erleben. Er war vollkommen zusammengebrochen, gequält von Schuldgefühlen und der Angst um seine Familie.

Um so deutlicher wurde ihr bewußt, daß es niemals eine Zukunft für sie beide geben konnte. Ihre Familien würden immer zwischen ihnen stehen. Sie war im Nachhinein froh, daß sie damals die richtige Entscheidung getroffen hatte. Auch wenn sie dadurch die große Liebe ihres Lebens verloren hatte.

„Es wird alles gut", murmelte sie, unbewußt in den typisch mütterlichen Ton verfallend, der Kindern Trost spenden sollte.

„Ich weiß nicht, Elena. Ich weiß es wirklich nicht", flüsterte Michael, noch immer fassungslos. „Ich habe versagt..."

Elena berührte sein Gesicht. Für einen kurzen Moment konnte sie die Zärtlichkeit nicht verbergen, die sie für ihn empfand. „Du bist außer dir vor Sorge, deshalb weißt du nicht mehr, was du redest", sagte sie sanft. „Nur deswegen verzeihe ich dir solchen Unsinn. Ich gehe jetzt zu Maria hinauf."

Sie betrat die Treppe, wobei Sie vorsichtig darauf achtete, nicht versehentlich eines der wichtigen Beweisstücke zu berühren. Die Augen der mit der Sicherstellung der Spuren beschäftigten Polizisten verfolgten nicht gerade freundlich jeden ihrer Schritte. Nach ihrer Ansicht hatte sie hier jetzt wirklich überhaupt nichts zu suchen.

Maria, Carla und Sandro lagen zusammen im Ehebett, schmiegten sich eng aneinander und trösteten sich gegenseitig. Marco saß neben Carla am Bettrand und hielt ihre Hand.

Carla hatte eine blau angeschwollene Wange und hielt sich einen Eisbeutel auf die schmerzende Stelle.

„Es ist einfach zu blöd, ich bin immer noch ganz benommen", sagte Maria gerade. „Mir ist richtig schlecht, mein armes Liebes. Dabei sollte ich dir jetzt helfen und..."

„Es geht schon, Mama", flüsterte Carla dankbar.

„Ihr könnt einem aber auch einen Schrecken einjagen", meldete Elena ihre Anwesenheit mit einem lockeren Spruch an.

Maria hielt ihr eine Hand hin. „Elena, wie schön, daß du da bist!"

Elena setzte sich neben Maria und hielt ihre Hand. „Erzähl mal, was passiert ist."

„Da gibt es nicht viel zu erzählen", meinte Maria. „Ich habe überhaupt nichts bemerkt, bis mir einer den Wattebausch vors Gesicht hielt – und dann bin ich auch schon ohnmächtig geworden. Carla war diejenige, die alles mitbekommen hat."

Elena sah hinüber zu Carla, die fast geistesabwesend wirkte. Der Schock saß wohl noch zu tief. Es würde sicher eine ganze Weile dauern, bis er sich lösen und sie allmählich über dieses Erlebnis hinwegkommen würde.

„Sie können machen, was sie wollen", flüsterte das Mädchen undeutlich.

„Wird die Polizei etwas unternehmen?" erkundigte sich Elena.

Maria stieß ein trockenes Lachen aus. „Wie denn? Keiner von uns kann ihnen irgendwie weiterhelfen. Carla hat einen der Einbrecher als Frau erkannt, und diese Frau hat einen anderen Toni genannt. Sie waren zu dritt und völlig vermummt. Sie gingen sehr schnell und routiniert vor. Die finden sie nie, wenn sie das Ganze nicht noch einmal wiederholen und dabei entscheidende Fehler machen."

„Vielleicht sind sie mittlerweile auf den Geschmack gekommen, wenn sie hier so leichtes Spiel hatten", warf Marco ein. „Ich würde nicht so einfach aufgeben, Maria."

„Mag sein." Maria spielte mit dem Bezug der Decke. „Wißt ihr, an sich weiß man ja, daß so etwas jederzeit passieren kann. Trotzdem ist man völlig unvorbereitet, wenn es geschieht... Man verläßt sich blind auf die Alarmanlage, aber leider gibt es eben für jedes Mittel ein Gegenmittel."

„Ich kann mir vorstellen, was für ein Schock das ist", sagte Elena mitfühlend. „Die haben sicher vorher genaue Erkundigungen eingezogen."

„Wie meinst du das?" fragte Marco.

„Nun, sie wußten offensichtlich ganz genau, wo sie suchen mußten. Sie haben nicht viel zerstört, sondern sehr gezielt nach den wertvollen Sachen gegriffen", teilte Elena ihre Beobachtung mit. „Wahrscheinlich haben sie nicht einmal eine halbe Stunde benötigt."

Maria nickte. „Davon geht die Polizei auch aus. Ramon hat nämlich ausgesagt, daß er knapp eine dreiviertel Stunde außer Gefecht gesetzt war. Der arme Mann! Er hat eine ganz schöne Gehirnerschütterung davongetragen. Er wird immer noch verhört, dabei weiß er doch gar nichts."

„Das ist wieder mal typisch", spottete Marco. „Ihr wißt ja: Der Mörder ist immer der Gärtner!"

Elena lächelte leicht. „Das ist gar nicht mal so ungewöhnlich! Die Polizei sucht die Verdächtigen natürlich zunächst immer in der näheren Umgebung, vor allem wenn ein Einbruch so professionell durchgeführt wurde."

Maria starrte sie entsetzt an. „Für Ramon und Amina lege ich meine Hand ins Feuer! Das kann die Polizei gern schriftlich von mir haben! Die beiden arbeiten schon seit vielen Jahren bei uns und gehören zur Familie!"

„Vielleicht verhören sie mich auch noch", scherzte Elena.

In diesem Moment kam ihr ein furchtbarer Verdacht.

Marco sah auf die Uhr. „Elena, Pietro ist bestimmt wach und macht sich Sorgen. Wir sollten nach ihm sehen."

Elena stand sofort auf. „Ja, ihr braucht jetzt sicher etwas Ruhe. Laßt euch davon nicht unterkriegen. Es ist ja zum Glück alles gut ausgegangen, und noch einmal kommen die bestimmt nicht."

„Das sagst du so einfach", widersprach Maria leise. Sie sah zu Carla hinüber. „Aber, na ja... die Zeit heilt alle Wunden..."

Kaum zu Hause angekommen, griff Elena zum Telefon und rief in der Resozialisierungskommune an. Sie verlangte Charlie zu sprechen, der kurz darauf ans Telefon kam.

„Charlie, hier ist Elena", meldete sie sich.

„Hallo, Elena, was...", begann Charlie erfreut, kam jedoch nicht weiter.

„Hör zu, Charlie, was hier letzte Nacht passiert ist, gibt mir zu denken", unterbrach ihn Elena.

„Was ist denn passiert? Wovon redest du?"

„Ich hoffe in deinem eigenen Interesse, daß du wirklich ahnungslos bist und mir nicht irgendeine Komödie vorspielst. Ich möchte nicht mehr dazu sagen, denn wenn du wirklich keine Ahnung hast, braucht dich mein Gerede nicht zu kümmern. Aber wenn, Charlie", ihre Stimme nahm einen klirrenden Ton an, „wenn ich herausfinde, daß du in irgendeiner Weise darin verwickelt bist, wirst du dein ganzes Leben lang keine ruhige Minute mehr haben. Das schwöre ich dir!" Sie legte auf, bevor er noch etwas sagen konnte.

Marco stand neben ihr und hörte völlig entgeistert zu. „Was hat Charlie denn damit zu tun?"

„Ich habe es dir noch gar nicht erzählt, aber Charly war hier und wollte Pietro sehen." Elena berichtete in kurzen Worten von der Begegnung. „Er hat gesagt, er würde sich freuen, dich und Carla einmal dort begrüßen zu dürfen. Ich habe ihm auch versprochen, Franco einmal vorbeizuschicken."

123

„Na, dann ist das doch eine gute Gelegenheit, um ihm auf den Zahn zu fühlen", meinte Marco grimmig. „Wir werden ganz harmlos bei ihm vorbeikommen, und Franco soll sich dort sehr genau umsehen. So oder so, Publicity werden sie dann bekommen. Also, sei ganz beruhigt, Elena, darum kümmere ich mich schon."

Am Abend war wieder einigermaßen Ruhe eingekehrt im Hause Gilbert. Die Polizei war abgerückt. Carla und Sandro hatten Beruhigungsmittel bekommen und schliefen. Maria und Michael gingen Arm in Arm im Haus umher und besahen sich noch einmal in aller Ruhe die Schäden.

„Ich mochte diesen Raum so gern", seufzte Maria, als sie im Salon angekommen waren. „Vor allem das Bild über dem Sofa... wie sollen wir das nur jemals ersetzen?"

„Sie wußten genau über seinen Wert Bescheid", sagte Michael düster.

„Genau wie bei den anderen Sachen. All die Dinge, die wir in den Jahren hier in Italien zusammengetragen haben... Sie haben uns damit einen ganzen Teil unseres Lebens weggenommen..."

Michael drückte sie an sich. Er hatte sich wieder vollkommen in der Gewalt. Groß und breitschultrig überragte er die zierliche Maria, beschützte sie mit seinem Arm und seinen Worten. „Wir werden uns neue Sachen suchen", verkündete er feierlich. „Wir fahren ganz einfach nach Florenz und Venedig. Wir könnten doch wieder mal verreisen, so wie wir das früher gemacht haben. Diesmal mit den Kindern, wenn sie mitkommen wollen. Würde dir das nicht gefallen? Vielleicht gelingt es uns sogar, diesen Alptraum in etwas Schönes zu verwandeln."

„Das wird nicht leicht werden", murmelte sie düster.

Er streichelte ihren Arm. „Ich meine ja nicht, daß du diese ganze Sache sofort vergessen sollst. Aber du mußt lernen, damit zu leben... so wie ich mit meinem Schuldgefühl, nicht bei euch gewesen zu sein. Wenn ich nur daran denke, was Carla beinahe angetan wurde!"

„Ich weiß, was du meinst." Maria lehnte den Kopf an seine Schulter. „Wird es nun unser ganzes Leben lang so weitergehen?"

Er sah verwundert auf sie herab. „Wie meinst du das?"

„Nun, daß wir uns auseinanderleben, bis ein gewaltiger Schock uns zwingt, wieder füreinander dazusein, gemeinsam das Schicksal zu meistern und so zu tun, als würden wir uns wie früher lieben und eine glückliche Ehe..." Marias Stimme verlor sich, ohne den letzten Satz richtig zu Ende geführt zu haben.

Michael war so betroffen, daß er für einen Moment keine Worte fand.

Schließlich sagte er langsam: „Ich bin jetzt hier."
„Ja", sagte Maria, „ja, das ist gut."

Marco verlor nicht viel Zeit. Sobald Franco sich frei-machen konnte, fuhr er mit ihm zu der Kommune, um sich dort einmal gründlich umzuschauen.

Was sie dann zu sehen bekamen, beeindruckte beide über alle Maßen. Das alte Gut glich eher einer kleinen Burg, und die Gebäude bestanden größten-teils noch aus den Originalgewölben, die sorgfältig renoviert worden waren. Alles war hell und freund-lich, wenngleich auch – mangels Geld – nur spärlich eingerichtet. Neben den kleinen Unterkunfts-zimmern für die Aussteiger aus der Rauschgiftszene boten die Räume vor allem therapeutische und künstlerische Einrichtungen.

Um das Gut herum erstreckte sich ein weiträumiges Gelände mit großen Grünflächen und prachtvoll an-gelegten Gärten.

Remo war ein etwa 60 Jahre alter Mann, mit weißen Haaren und einem weißen Bart, eine echte Künstler-natur. Er war eloquent und gebildet, und er verstand es, andere zu begeistern. Nicht umsonst erzielte er mit seinem Programm so gute Erfolge.

Franco Nardi hatte Erkundigungen über ihn einge-zogen, bevor er zu der Kommune gefahren war, und hatte Marco versichert, daß Remo absolut integer war.

Remo zeigte sich begeistert, einen Journalisten begrüßen zu dürfen, der Interesse an seiner Arbeit zeigte.

Charlie war eher zurückhaltend. Er betrachtete jeden Reporter als „Dreckschleuder", der immer nur darauf bedacht war, alles und jeden in den Schmutz zu ziehen.

Dieses Mißtrauen wiederum imponierte Franco; Charlie zeigte damit zumindest Charakter.

Marco hielt sich im Hintergrund und beobachtete lieber. Außerdem wollte er Franco nicht dazwischenfunken. Zwischen ihm und Charlie stand es sowieso nicht zum Besten. Carla hatte den jungen Mann schon von Anfang an gern gehabt, und ihn vorgezogen, was Marcos Eifersucht natürlich über die Maßen genährt hatte.

„Ich nehme grundsätzlich nur Freiwillige auf", erklärte Remo, während er seine Gäste herumführte. „Es hat keinen Sinn, jemanden zu einer Therapie zu zwingen, wenn er nicht selbst die Entscheidung getroffen hat, es zumindest zu versuchen. Es ist wahnsinnig schwer, und dementsprechend streng sind auch unsere Regeln. Anders geht es nicht. Die meisten akzeptieren das auch. Sie wollen weg von der Nadel und ein neues Leben beginnen, das frei ist von den Zwängen, sich ständig Geld für den Stoff besorgen zu müssen. Sie wollen arbeiten und eine Familie gründen.

Wenn jemand sich in den ersten drei Monate gut geführt hat, lockern wir die Regeln. Zum Schluß dürfen sie kommen und gehen, wie es ihnen beliebt, bis die Therapie als abgeschlossen gilt und wir einen Job für sie gefunden haben."

„Reicht der Platz hier denn aus?"

„Selbstverständlich nicht. Trotz unserer strengen Auflagen, oder vielleicht auch gerade deswegen, müssen wir sogar lange Wartelisten führen. Es fehlt natürlich hinten und vorne an Geld. Aber wir wollen uns nicht beklagen, bisher hat es noch immer für den Unterhalt gereicht."

Die beiden Männer waren bald völlig ins Gespräch vertieft und vergaßen alles um sich herum.

„Hoffentlich wird Remos Vertrauen nicht mißbraucht", sagte Charlie zu Marco, die immer weiter hinter den beiden zurückblieben.

„Ganz sicher nicht. Franco ist ein Journalist mit Leib und Seele. Wenn er von einer Sache überzeugt ist, zieht er sie durch, und zwar absolut sachlich und fair", erwiderte Marco. „Erstaunlich finde ich eher, daß gerade du von Vertrauen redest."

Charlie nahm diesen Vorwurf hin. „Ich habe erst hier gelernt, was das Wort wirklich bedeutet", sagte er ruhig. „Ich würde Remos Vertrauen niemals mißbrauchen. In gewissem Sinne hat er mir das Leben gerettet. Hier habe ich neue Freunde gefunden, die für mich zu einer Familie geworden sind.

Mein Leben hat endlich einen Sinn, indem ich meine Erfahrungen weitergebe und damit verhindere, daß es noch mehr Junkies auf den Straßen gibt. Ich nehme meine Aufgabe hier sehr ernst, das kannst du mir glauben."

„Das hoffe ich", meinte Marco. Er schlenderte weiter, um sich im Garten umzusehen.

„Marco?" rief Charlie ihm nach.

Er verharrte und drehte sich um. „Ja?"

„Ich weiß sehr genau, warum du hier bist", fuhr der junge Mann fort. „Ich weiß auch, daß wir beide nie die dicksten Freunde sein werden, dazu sind wir einfach zu verschieden. Aber ich bitte dich mit Nachdruck darum, keine voreiligen Schlüsse zu ziehen. Ich würde auch Elenas Vertrauen niemals mißbrauchen, das mußt du mir einfach glauben. Solche Fehler habe ich früher einmal gemacht, aber der alte Charlie ist mit Francesca gestorben. An ihrem Grab habe ich geschworen, mich zu bessern und mich künftig der Aufgabe zu widmen, aus abgestürzten Junkies, wie ich einer war, vertrauenswürdige und normale Menschen zu machen. Ich habe der Droge den Kampf angesagt. Auf diese Weise hat Francescas Tod wenigstens doch noch einen Sinn bekommen, meinst du nicht auch?"

Marco dachte nach. Dann lächelte er plötzlich. „Ich glaube schon, Charlie."

129

Über Charlies Gesicht glitt ein helles Strahlen, und er lächelte ebenfalls. Diese Zustimmung und Anerkennung eines „Gegners" bedeutete ihm mehr als die Bewunderung seiner Freunde. Das gab ihm Auftrieb und Willenskraft, seine Arbeit fortzuführen – und einen Sinn in ihr zu sehen.

7

„Wie fühlst du dich?" erkundigte sich Marco, als Elena zurück ins Wartezimmer kam.

„Ein wenig benommen, aber soweit ganz gut", antwortete sie. „Das eigentlich Schlimme kommt erst noch – das Warten auf das Ergebnis. Wie ich diese Zeit durchstehen soll, weiß ich noch nicht."

„Ich bin ja bei dir", tröstete der junge Mann. „Außerdem ist ja auch noch Franco da. Er unterstützt uns sehr." Sie machten sich auf den Weg nach Hause.

„Was beschäftigt dich?" fragte Elena unterwegs. Sie merkte sehr wohl, daß Marco etwas auf dem Herzen lag, er es aber nicht wagte, damit herauszurücken.

„Ich habe gerade an Franco gedacht."

„Ich verstehe."

„Wirklich?" Marco sah sie von der Seite an. „Er ist sehr nett. Pietro liebt ihn geradezu. Er versteht es sehr gut, mit ihm umzugehen. Seit Franco so häufig bei uns ist, ist alles irgendwie viel leichter geworden. Ich denke zwar noch von Zeit zu Zeit an meinen Vater, aber es tut nicht mehr so weh."

Elena nickte. „Mir geht es ebenso. Und du willst jetzt wissen, wie es um Franco und mich steht, nicht wahr?"

131

„Ja, natürlich. Ich dachte, weil Michael..."

„Das ist vorbei. Und mit Franco verbindet mich eine innige Freundschaft, aber mehr nicht. Wir machen lediglich beide das Beste aus unserer Einsamkeit."

„Aha. Nicht, daß ich mich einmischen wollte", sagte Marco schnell. „Ich möchte eben nur gern wissen, was los ist. Ich hoffe, du bist mir nicht böse deswegen."

Sie lächelte. „Selbstverständlich nicht."

Zu Hause lag ein Zettel von Franco; er war mit Carla zusammen zu der Kommune gefahren.

Marco machte nicht gerade ein begeistertes Gesicht, aber er schwieg vorsichtshalber, um sich nicht bloßzustellen. Er wußte genau, daß Elena ihm seine Eifersucht nicht durchgehen lassen würde. So viel Vertrauen zu Carla mußte er einfach haben.

Zufällig sah er auf die Uhr und erschrak. „Himmel, ich muß doch zur Arbeit! Warte heute abend nicht mit dem Essen auf mich, Elena, ich habe mit Carla noch etwas vor..."

„Wie meistens", sagte sie gutmütig.

Sie konnte nicht umhin, ein Geheimnis bei den beiden zu vermuten. Irgendwie waren sie noch unzertrennlicher als früher und waren ständig unterwegs. Aber Elena hatte nicht den Eindruck, daß sie häufig in die Disco gingen oder ununterbrochen mit ihren Freunden von der Band zusammen waren. Sie hatte

132

schon mit vorsichtigen Fragen versucht, hinter ihr Geheimnis zu kommen, war aber jedesmal gescheitert. Und auch Maria, an die sie sich schließlich gewandt hatte, wußte nicht, was ihre beiden Kinder ausheckten.

Elena vermutete weiter nichts Schlimmes, deshalb beharrte sie auch nicht auf einer Klärung. Sowohl Marco als auch Carla hatten sich nicht verändert und waren freundlich und fröhlich wie immer.

Carla hatte ihre Freundin Andrea zu dem Besuch in der Resozialisierungskommune mitgebracht. Sie hatte sich keine besonderen Vorstellungen von dieser Einrichtung gemacht und war äußerst beeindruckt, als Franco den Wagen auf dem Hof abstellte.

Charlie begrüßte Carla wie eine alte Bekannte, und sie musterte ihn staunend. Er sah noch viel besser aus als das letzte Mal, und ihre Augen leuchteten unwillkürlich auf.

Charlie führte die beiden Mädchen durch das Gut und erzählte, was seine Aufgabe hier war und wie gern er sie tat. Carla musterte ihn immer wieder bewundernd von der Seite. Aus dem verführerischen Mädchenschwarm war ein verantwortungsbewußter, nachdenklicher junger Mann geworden, der ihr immer besser gefiel.

„Das hier ist der Raum der bildenden Künste", sagte er fröhlich und öffnete schwungvoll die Tür zu

133

einem halb unterirdisch liegenden Gewölbe. „Wißt ihr, Remo hat uns alle mit seiner Begeisterung für die Malerei angesteckt." Stolz präsentierte er die Staffeleien mit den Gemälden darauf, die zum Teil fast fertig oder gerade erst noch im Entstehen waren. Die jungen Künstler ließen sich von den Besuchern in keinster Weise ablenken. Carla bekam fast Lust, es ihnen gleichzutun, so sehr steckten sie die Begeisterung und die entspannte Atmosphäre, die in diesem Raum herrschte, an.

„Dahinten geht's noch weiter", fuhr Charlie fort und wies auf einen Nebenraum, in dem nur eine Person Platz fand. Dort saß ein Mädchen an einer Staffelei, völlig vertieft in ihre Arbeit.

Sie sah überrascht auf, als Charlie sie ansprach. „Ah, Chiara. Entschuldige, wir wollten dich nicht stören! Wir gehen auch gleich wieder."

Das Mädchen sah von Charlie zu Andrea und dann zu Carla. Sie erstarrte.

Auch Carla zuckte zusammen. Diese Augen hätte sie unter tausenden wiedererkannt, sie hatten sich unauslöschlich in ihr Gedächtnis eingebrannt. Als letzten Beweis erkannte sie den Schlüssel wieder, der an einer langen Kette hing.

Chiaras Augen flackerten, sie brachte keinen Ton heraus.

Carla durchbohrte sie mit ihren Blicken. Dann wandte sie sich an ihre Freundin: „Gehen wir wieder in den Garten zurück? Mir wird es langsam ein wenig kühl hier drin."

Charlie, der von dem sekundenlangen Vorgang nichts bemerkt hatte, stimmte sofort zu. Andrea jedoch musterte die beiden Mädchen neugierig.

Draußen fiel Charlie endlich Carlas verdüsterte Miene auf. „Was ist denn los?" fragte er erschrocken. „Hast du ein Gespenst gesehen?"

Carla zögerte mit einer Antwort. Sie wußte nicht, was sie tun sollte. Andererseits war Charlie in diesem Fall genau der richtige Ansprechpartner. Er würde schon wissen, was zu tun war.

„So etwas Ähnliches", murmelte sie. „Chiara..."

„Ja? Kennst du sie?"

„Das nicht. Aber ich habe sie schon einmal gesehen. Vor einiger Zeit in unserem Haus... und es war mitten in der Nacht." Carla sah Charlie fest an. „Drei Einbrecher überfielen uns damals, und sie war einer von ihnen."

Andrea machte ein skeptisches Gesicht.

Charlie riß die Augen auf. „Was sagst du da? Bist du sicher?"

Carla nickte. „Ganz sicher. Ich habe ihre Augen sofort wiedererkannt und auch ihren Schlüssel, den sie um den Hals trägt."

„Ich hatte auch den Eindruck, daß Chiara Carla erkannt hat", warf Andrea ein. „Also, wenn ihr euch vorher nie begegnet seid..."

135

„Sie ist zu Tode erschrocken, habt ihr das nicht bemerkt?" Carla hob die Schultern. „Was soll ich jetzt machen, Charlie?"

Der junge Mann legte die Stirn in Falten und rieb sich das Kinn. „Das ist eine verflixt ernste Sache. Dafür können sie uns den Laden schließen. Und ausgerechnet jetzt, wo dieser Journalist überall herumschnüffelt..."

„Franco ist kein Schnüffler!" empörte sich Carla. „Er will euch helfen!"

„Trotzdem, er darf nichts davon erfahren, klar?"

„Aber was willst du denn tun?" fragte Andrea. „Du kannst diese Diebin doch nicht ungeschoren davonkommen lassen."

„Nein, natürlich nicht. Ich werde von ihr verlangen, daß sie sich selbst stellt." Charlie sah Carla eindringlich an. „Gibst du ihr diese Chance, Carla? Und unserem ganzen Verein hier?"

Carla überlegte. Immerhin hatte Chiara sie vor den Belästigungen des Mannes bewahrt; in gewissem Sinne war sie ihr etwas schuldig. Zögernd nickte sie. „Aber ich warte nur bis übermorgen früh. Dann gehe ich zur Polizei."

„Das ist wirklich fair von dir." Charlie umarmte sie kurz. „Ich danke dir, Carla. Du bist ein großartiges Mädchen."

Michael kam auch heute überpünktlich zum Abendessen nach Hause. Seit dem Einbruch war e keine Minute mehr zu spät gekommen, und er hatte alle Dienstreisen für die nächste Zeit abgesagt.

Maria beobachtete genau, wie er sich verhielt. Einerseits war sie froh, ihn um sich zu haben, denn die Angst saß ihr noch in den Knochen. Andererseits wußte sie, daß das keine Lösung auf Dauer war. Nicht mehr lange, und Michael würde unruhig werden, was sie wiederum gereizt reagieren lassen würde, und schon würde wieder der erste Streit ausbrechen.

„Du kannst nicht auf Dauer alle Termine absagen", sagte sie plötzlich zu ihm, als sie gerade zu Bett gegangen waren. „Du hast eine Firma zu leiten."

Erstaunt sah er sie an. „Ausgerechnet du sagst das zu mir?"

„Nun, ich habe mich eben endlich der Realität gestellt. Ich genieße es natürlich, wenn du hier bei mir bist. Aber ich möchte nicht, daß du das nur aus deinem Schuldgefühl heraus tust."

„Aber ich..."

„Michael, bitte keine Phrasen jetzt. Darüber sind wir doch längst hinaus, meinst du nicht?"

Michael grinste. „Das finde ich ganz und gar nicht. Leg doch einfach mal dein Buch beiseite." Er beugte sich über sie, streichelte ihr Gesicht und ihre Haare. „Du denkst immer viel zuviel nach", wisperte er und berührte mit seinen Lippen sachte ihr Ohr. „Laß dich doch einfach mal von deinen Gefühlen leiten..."

Maria zögerte einen Moment. Dann tastete ihre Hand zum Schalter der Nachttischlampe, und das Licht erlosch.

Später war es ganz still im Zimmer, und jeder befand sich auf seiner Seite des Bettes. Das Licht brannte wieder. Michael hatte seinen nackten Körper mit dem Laken bedeckt.

„Maria, es... es tut mir leid", sagte er leise und irgendwie kraftlos.

Maria hatte sich das Kissen in den Rücken geschoben und saß aufrecht im Bett. „Sei still", sagte sie sanft. „Niemand ist schuld daran."

„Ich weiß nicht, warum..." begann er erneut, doch sie unterbrach ihn.

„Michael, erinnere dich bitte an das, was ich vorhin gesagt habe. Das Problem ist, daß du mit mir zusammenbleibst, weil du dich mir gegenüber schuldig fühlst."

„Ich will dich beschützen."

„Aber wovor? Vor der Einsamkeit? Meinen Zweifeln? Das kannst du nicht. Der Überfall hat deinen Familiensinn wieder geweckt, aber für wie lange? So kann das doch nicht in alle Ewigkeit weitergehen!"

Michael schwieg.

Maria strich die Zudecke glatt. Als sie von der anderen Seite des Bettes weiterhin nichts hörte, fuhr sie fort: „Wir haben soviel falsch gemacht... wir hät-

138

ten gemeinsam zwei Leben leben müssen, nicht zu zweit ein einziges. Weißt du, ich dachte immer, daß ich ohne dich nicht einmal fähig wäre zu atmen... aber wenn du jetzt hier bist, kommt es mir so vor, als wärst du gar nicht da, und ich fühle mich so fremd neben dir..."

Michael starrte zur Decke hinauf. „Ich mich auch", murmelte er. Dann drehte er sich um und kehrte Maria den Rücken zu.

Den nächsten Besuch bei der Kommune unternahm Carla allein. Sie freute sich darauf, Charlie wiederzusehen. Außerdem wollte sie sich erkundigen, wie die Sache mit Chiara ausgegangen war. Die Frist war abgelaufen. Sollte Charlie – was sie nicht glaubte – nichts unternommen haben, würde sie unverzüglich zur Polizei gehen.

Charlie begrüßte sie jedoch so kalt und abweisend, daß sie für einen Moment wie ein begossener Pudel dastand.

„Aber was ist denn los?" fragte sie entgeistert.

„Das solltest du doch am besten wissen!" schnaubte er. „Ich habe doch gesagt, daß ich Chiara dazu bringe, zur Polizei zu gehen! Sie mußte gestern früh ihre Sachen packen. Gerade, als sie auf die Straße kam, wurde sie verhaftet! Du hast mir doch versprochen, bis heute zu warten!"

139

Carla begriff überhaupt nichts. „Aber... aber ich habe überhaupt nichts unternommen", stotterte sie. „Deswegen bin ich doch hier, um mit dir darüber zu sprechen!"

Charlie musterte sie zweifelnd.

„Wirklich! Das mußt du mir glauben!" Dann schoß ihr ein Gedanke durch den Kopf. „Andrea! Sie hat doch alles mitbekommen und muß heimlich die Polizei informiert haben! Oh, diese blöde Kuh!"

Charlie seufzte und entspannte sich. „Na ja, jetzt ist es eben geschehen. Mach Andrea keine Vorwürfe, im Grunde hat sie nur das Richtige getan. Immerhin ist Chiara schuldig, sie hat es mir vorgestern gestanden."

„Ich kann doch nichts dafür, Charlie", sagte Carla leise und berührte schüchtern seinen Arm. „Wenn du wüßtest, wie schrecklich es war in jener Nacht... ich habe heute noch Alpträume..."

Charlie machte ein schuldbewußtes Gesicht. „Natürlich, Carla. Entschuldige, daß ich dich eben so angefahren habe. Aber weißt du, ich mochte Chiara sehr und..." Seine Augen wurden plötzlich feucht. „Was führe ich nur für ein Scheißleben, Carla! Immer wieder muß ich von vorne anfangen! In gewissem Sinne habe ich Elena nämlich doch belogen, denn immerhin war Chiara hier bei uns, und ich hätte auf sie aufpassen müssen. Aber ich wußte wirklich nichts von ihrem Einbruch, ich schwöre es dir! Nur

140

Elena wird mir das nie im Leben verzeihen... Menschen wie ich haben eben kein Anrecht auf irgend etwas! Die Vergangenheit läßt sich nicht einfach abstreifen wie ein Handschuh!"

„So etwas darfst du nicht sagen, Charlie!" widersprach Carla energisch. „Du bewirkst hier doch eine Menge. Und Chiara hat sich ganz allein in diesen Schlamassel hineingeritten, dafür kannst du doch nichts. Du kannst schließlich nicht für sie leben!"

Charlie ließ weiter die Schultern hängen. „Es ist doch so, Carla: Menschen wie wir hier in der Kommune sollten ihr Herz an nichts hängen. Wer kümmert sich schon darum!"

„Mich kümmert es, Charlie", sagte Carla sanft. „Ich bin hier, oder nicht?"

Dankbarkeit leuchtete in seinen Augen auf. „Ich mache es auch wieder gut, ich verspreche es, Carla", versicherte er, plötzlich wieder voller Eifer. „Ich werde meine Schuld an Elena zurückzahlen, eines Tages, egal auf welche Weise. Ich will Pietro doch nicht verlieren. Er bedeutet mir so viel, er gibt mir ein kleines bißchen das Gefühl, eine Familie zu haben. Könntest du ihr das sagen, bitte?"

„Das kannst du ihr doch selbst sagen."

„Na ja... vielleicht könntest doch du... zuerst..."

Carla lachte. „Also gut, Charlie. Und jetzt reden wir über etwas anderes, einverstanden?"

„Ja, ich komme ja schon", beschwerte sich Elena über das hartnäckige Klingeln des Telefons. Sie hatte den Kopf voller Arbeit; seit mehreren Tagen steckte sie in der Übersetzung einer staubtrockenen wissenschaftlichen Abhandlung über eine Forschungsarbeit. Dabei handelte es sich sozusagen um den Rechenschaftsbericht einer Abteilung, die wieder an Gelder herankommen wollte. 100 Seiten nichts als Geschwafel, viele Worte um nichts. Vor allem würde dieses Protokoll später sicher niemand mehr lesen. Elena und der Verfasser waren wahrscheinlich die einzigen, die den Inhalt überhaupt kannten. Wenigstens wurde sie gut dafür bezahlt, außerdem verschaffte ihr dieser Auftrag weitere Kontakte. Trotz Antonios Erbe konnte sie sich nicht einfach auf die faule Haut legen; die Tantiemen kamen nur sehr unregelmäßig und damit ließ sich nicht der gesamte Haushalt bestreiten. Aber mit den Übersetzungen kam sie ganz gut über die Runden.

Zum ersten Mal seit Jahren brauchte sie sich absolut keine Gedanken über Geld zu machen.

Die anderen Gedanken, die sie selbst betrafen, hatte sie seit der Biopsie hartnäckig verdrängt. Doch das Telefon würde sie jetzt in die bittere Wahrheit zurückschleudern.

„Signora Amati?" erkundigte sich eine weibliche Stimme.

„Ja, am Apparat", bestätigte sie.

142

„Einen Moment, ich verbinde."

Dann hörte sie eine bekannte Stimme: „Elena?"

„Ich bin's, ja." Elena merkte, wie ihr plötzlich eiskalt wurde. Es war ihre Ärztin. Das konnte wohl nur bedeuteten, daß der Befund jetzt vorlag.

„Also, wie sieht es aus, Stefania?" fragte sie sofort.

„Ich möchte gern, daß du bei mir vorbeikommst."

„O Gott..." Elenas Knie wurden weich. Sie taumelte und tastete nach einem Halt. Langsam rutschte sie an der Lehne des Sofas herunter. „Stefania, sag, daß das nicht wahr ist!"

„Aber ich habe doch noch gar nichts gesagt, Elena", versuchte die Ärztin die furchtbare Nachricht abzuschwächen.

„Daß ich bei dir vorbeikommen soll, reicht doch..."

Kurzes Schweigen am anderen Ende der Leitung. Dann: „Ja, Elena. Es tut mir leid. Es ist tatsächlich ein Melanom, aber..." Sie sprach unwillkürlich lauter, als könne sie damit Elenas Zusammenbruch verhindern, „es ist nicht so ernst, wie es sich jetzt anhört!"

„Was soll das, Stefania?" fragte Elena. „Krebs ist Krebs, oder nicht?"

„Kommt darauf an", versetzte Stefania. „In deinem Fall handelt es sich nur um eine einzige Geschwulst. Du hast noch keine Metastasen. Das bedeutet, du brauchst keine Bestrahlung. Eine einzige Operation wird wahrscheinlich ausreichen, dann ist alles ausgestanden."

143

„Danke, daß du mich beruhigen willst", flüsterte Elena. „Doch mit dem Wort ‚wahrscheinlich' machst du alles wieder zunichte..."

„Aber Elena, du weißt genau, daß Ärzte niemals eine Garantie geben können", beharrte Stefania freundlich. „Wenn ich sage, es gibt eine sehr gute Chance, dann stimmt das auch. Gewißheit können wir erst durch die Operation erlangen. Komm doch einfach so bald wie möglich in meiner Praxis vorbei, und wir besprechen das Ganze genauer."

„Ich... ich weiß nicht..."

„Elena, auch wenn es gut aussieht: Die Sache ist ernst! Je länger du wartest, desto mehr gefährdest du dich! Im Moment ist es wirklich nur ein kleiner Schnitt, weil sich das Melanom im Frühstadium befindet. Also verlier keine Zeit!"

„Ist gut... sobald ich kann, melde ich mich. Zuerst muß ich hier alles in Ordnung bringen, du verstehst..."

Elena legte den Hörer auf. Sie hatte das Gefühl, als stürzte die ganze Welt über ihr zusammen, während ihr gleichzeitig der Boden unter den Füßen weggerissen wurde. In ihrem Verstand herrschte Chaos, ein wilder Wirbel an Gedanken, die alle gleichzeitig auf sie einstürmten.

Wie sie den Rest des Tages verbrachte, wußte sie später nicht mehr. Sie hatte irgendwie die Übersetzung zu Ende gebracht, Pietro zu den Gilberts geschickt und war dann zu Bett gegangen. Sie hatte nur noch schlafen und in schöne Träume flüchten wollen, um alles zu vergessen.

Am nächsten Nachmittag war Carla wie verabredet unterwegs zum Hafen, um Marco von der Arbeit abzuholen. Heute hatten sie noch eine Menge Zeit, um weiter an ihrem ‚Nest' zu arbeiten und es noch ein gutes Stück gemütlicher zu gestalten.

Niemand ahnte, daß die beiden jungen Leute sich heimlich ein günstiges kleines Apartment gemietet hatten, das von Marcos Geld bezahlt wurde. Möbel hatten sie sich von überallher besorgt, vom Sperrmüll, vom Speicher oder aus der Garage. Liebevoll gestalteten sie das kleine Zimmer, aus dem die Wohnung bestand. Für sie war es ein Ort des Friedens, wohin sie sich zurückziehen konnten, eine Zuflucht. Hier gab es keine Familien, keine Sorgen, keine Streitigkeiten. Sie verbrachten dort jede freie Minute, erfüllt von kindlichem Glück über diese heimliche kleine Freiheit.

Marco arbeitete im Büro eines großen Lagers in der Nähe des Hafens als Mädchen für alles. Sein Stundenlohn war nicht schlecht und manchmal ließ sein Chef ihn sogar früher nach Hause gehen. So auch heute.

Natürlich hatte Marco es Elena nicht gesagt, daß er früher aufhörte, sondern nur Carla. Und die fuhr

145

nach der Schule mit ihrem Moped direkt zu der Firma, um ihren Freund abzuholen.

Doch sie erlebte eine böse Überraschung. Sie kam überhaupt nicht bis zur Halle, denn das gesamte Gelände war von den Carabinieri abgesperrt worden. Sie versuchte, sich an einem Polizisten vorbei zu schmuggeln, der sie jedoch unerbittlich aufhielt.

„Wir führen hier eine Razzia durch, junge Dame. Also mach, daß du wegkommst!"

„Aber mein Freund ist doch da drin..." widersprach Carla verstört.

In diesem Moment wurde eine Reihe von Männern in Handschellen unter strengster Bewachung aus der Lagerhalle geführt. Carla erkannte plötzlich Marco und begann zu schreien: „Marco! Marco, was ist geschehen? Marco, ich bin hier! Ich bin es, Carla!"

Er drehte nur kurz den Kopf zu ihr. In seinen Augen stand nackte Angst und völlige Verständnislosigkeit. Er schien nicht zu begreifen, was hier mit ihm geschah. Er stolperte, als ein Polizist ihn anstieß, und verschwand in einem Wagen.

„Marco", wimmerte Carla. Sie brach in Tränen aus und betrachtete fassungslos die Szene, die sich vor ihren Augen abspielte. Vielleicht war das nur ein Traum? Ja, klar, sie war im Kino eingeschlafen und irgendwie in einen amerikanischen Krimi geraten...

146

aber weshalb redeten die Polizisten dann alle Italien-
isch?

„Verschwinde jetzt endlich!" herrschte der Cara-
biniere sie an.

Eingeschüchtert stolperte sie zu ihrem Moped
zurück. Weinend fuhr sie nach Hause.

8

Elena kauerte mit hochgezogenen Beinen in einem Sessel und brütete vor sich hin.

Die Polizei war gerade erst gegangen, aber sie war nicht allein mit ihrem Kummer. Die ganze Familie Gilbert und auch Franco waren anwesend. Carla hing mit verheultem Gesicht am Arm ihrer Mutter, und Franco versuchte, sich irgendwie mit Kaffeekochen nützlich zu machen. Michael telefonierte über sein Handy mit seinem Anwalt und stand in der Diele.

„Ich kann es immer noch nicht fassen", murmelte Elena dumpf. Mit trüben Augen sah sie zu ihren Freunden hoch. „Versteht ihr, was da vor sich geht?"

„Elena, niemand von uns glaubt daran, daß Marco wirklich etwas mit dieser Sache zu tun hat", versuchte Maria sie zu trösten. „Er ist eben durch Zufall mit hineingerutscht, weil er gerade anwesend war. Aber sie müssen erst einmal alles überprüfen, schließlich kennen sie den Jungen nicht so gut wie wir."

Alle schauten auf Michael, als er zur Tür hereinkam. Er verströmte die gewohnte Ruhe und vermittelte allen den Eindruck, die Sache voll im Griff zu haben.

„Also, folgendes", begann er, „in der kurzen Zeit hat mein Anwalt natürlich noch nicht viel erfahren können. Wie es aussieht, ist durch den Hinweis eines Informanten ein ganzer Hehlerring am Hafen aufgeflogen, und Marco ist voll zwischen die Fronten geraten. Er hat ausgesagt, die Stelle über eine Anzeige erhalten zu haben und seine Arbeit genau beschrieben. Der Anwalt ist sicher, ihn bald auf Kaution freizubekommen, da er noch nie straffällig geworden ist. Derzeit aber können wir ihn leider nicht einmal besuchen, da die Verhaftungen noch nicht zu Ende sind. Wie es aussieht, hat man Marcos Unerfahrenheit und Naivität ausgenutzt, und er hat von den tatsächlichen Aktivitäten dieser Bande überhaupt nichts mitbekommen. Mein Anwalt möchte zwar keine Versprechungen machen, aber er glaubt, daß es nicht einmal zu einer Verhandlung kommen wird."

Laute Seufzer der Erleichterung waren in der Runde zu hören. Auf einmal fühlten sich alle, als wäre eine große Last von ihnen genommen. Ein wenig Erleichterung und zaghafte Zuversicht kamen auf.

„Dann sollten wir jetzt wieder zu uns hinübergehen", schlug Maria vor. „Du mußt dich hinlegen, Carla, du bist ja völlig fertig. Elena, ich nehme Pietro mit, damit du dich etwas ausruhen kannst." Mit Carla im Arm, ging sie zur Tür und winkte den beiden Kleinen zu, ihr zu folgen. Franco rannte schnell zum Herd, als der Kaffee sprudelnd überzukochen begann.

Michael nutzte die Gelegenheit. Mit einem geschmeidigen, leisen Schritt war er bei Elena und berührte sacht ihre Schulter.

„Du darfst dich niemals allein fühlen", flüsterte er. „Die Sache mit Marco wird schneller ausgestanden sein, als du jetzt vielleicht glaubst. Ich bin auf jeden Fall immer für dich da, egal, was kommen mag."

Sie sah zu ihm auf. In seinen grauen Augen lag ein weicher, goldfarbener Schimmer. Er lächelte zärtlich und strich flüchtig über ihre Wange. Dann war er verschwunden.

Elena blinzelte verwirrt.

Franco kam aus der Küche. „Was ist mit dir, Elena? Brauchst du etwas?"

Elena richtete sich auf und schüttelte langsam den Kopf. „Nein, nein... es geht schon... für einen Moment dachte ich... ach, ist ja egal." Sie griff nach Francos Hand und drückte sie fest. „Ich bin froh, daß du jetzt bei mir bist."

Er lächelte gütig. „Du mußt gar nichts reden. Ich werde einfach nur hier bei dir sitzen. Du brauchst dich nicht zu fürchten, Elena."

Wie leicht er das sagen konnte. Er konnte ja nicht wissen, daß Elena nicht nur Marcos Verhaftung quälte, sondern auch die Angst vor dem Tod, der in ihrem Körper steckte und sie möglicherweise überwältigen würde, bevor sie ihre Kinder ausreichend versorgt und in Sicherheit wußte.

In der Nacht schreckte Elena durch einen gewaltigen Donnerschlag hoch. Innerhalb weniger Sekunden hatte sich der Himmel bezogen, und ein sintflutartiger Platzregen mit großen, schweren Tropfen ging hernieder, begleitet von taghellen Blitzen und ohrenbetäubend krachendem Donner.

Die ganzen Sachen liegen noch draußen herum, und das Zelt fliegt bestimmt gleich davon, dachte Elena hektisch.

Sie war zu keinem vernünftigen Gedanken fähig, sonst hätte ihr klar sein müssen, daß es jetzt bereits zu spät dazu war – außerdem konnten solche Dinge leicht ersetzt werden.

Aber Elena war völlig durcheinander, ihr Herz raste, und sie verspürte den unüberwindlichen Drang, hinauszurennen und die Spielsachen in Sicherheit zu bringen.

Sie zog sich nicht einmal richtig an, sondern warf nur den leichten Morgenmantel über ihr dünnes Nachthemd. Der Wind riß ihr die Tür aus der Hand, und innerhalb weniger Sekunden war sie bis auf die Haut durchnäßt. Die Luft war drückend schwül, und Elena zuckte bei jedem Knall zusammen und duckte sich erschrocken unter jedem erneuten Blitzschlag, aber trotzdem rannte sie wie eine Geisteskranke im

151

Garten herum und sammelte die Sachen zusammen. Die heftigen Sturmböen rissen sie beinahe um, und sie schnappte mühsam nach Luft.

Ihr Schreckensschrei wurde von dem Gewitter verschluckt, als plötzlich eine mächtige, dunkle Gestalt auf sie zukam, sie an den Armen packte und unter einen Baum zerrte.

In dem kurzen, grellen Aufleuchten eines Blitzes erkannte sie Michael, der seine Jacke um sie schlug und sie an sich drückte.

„Bist du völlig verrückt geworden?" brüllte er und schaffte es tatsächlich, das tosende Gewitter zu übertönen. „Was hast du in diesem Inferno hier draußen zu suchen?"

„Es ist gefährlich, sich bei Gewitter unter Bäume zu stellen!" schrie sie statt einer Antwort zurück.

„Ich habe dich zufällig durchs Fenster gesehen! Wie ein Irrwisch bist du hier draußen herumgerast und..." Michael schluckte prustend Wasser, als sich ein dicker Schwall von den Ästen über ihnen auf ihn ergoß. Er war bereits minestens ebenso durchnäßt wie Elena.

„Nein, das stimmt nicht", fuhr er fort. Er konnte seine Stimme jetzt fast wieder auf normale Lautstärke senken, da der Donner allmählich weitergewandert war. Blitze zuckten in schnellen Abständen über den Himmel und erhellten für kurze Momente ihre Gesichter. „Du hast ausgesehen wie eine Fee, mit

152

deinen wehenden Haaren und deinem weißen Morgenmantel... wie eine betörend schöne Fee, deren Sinnlichkeit mich unwiderstehlich anzog..."

„Ich bin doch eine Irin, hast du das vergessen?" gab sie schwach zurück. Sie schaffte es nicht, sich gegen seine Umarmung zu wehren. Die Nähe seines großen, warmen Körpers verwirrte ihre Sinne, und sie spürte, wie sie allmählich die Kontrolle über sich verlor.

Die Jacke rutschte von ihren Schultern zu Boden, als Michael seine Arme fester um sie schloß und sich über sie beugte. Sie wurde ganz weich in seinen Armen, und ihre grünen Katzenaugen funkelten.

Als er ihren Mund mit seinen weichen, warmen Lippen berührte, schlang sie die Arme um seinen Nacken und erwiderte den Kuß in wilder Leidenschaft.

Um die Liebenden herum tobte weiterhin das Inferno, der Regen ertränkte sie fast, aber sie bemerkten es nicht einmal.

Die nächsten beiden Tage verbrachte Elena fast ohne Unterbrechung damit, Anträge für eine Besuchserlaubnis bei Marco zu stellen, mit dem Anwalt zu telefonieren und herauszubekommen, wie es ihrem Stiefsohn ging.

Dann, am Morgen des dritten Tages, als sie gerade Pietro bei den Gilberts abliefern wollte, riß Michael die Tür auf und zog sie in die Diele, während er gleichzeitig telefonierte. Carla stand hinter ihm, mit zusammengeballten Händen und angespanntem Gesicht. Michael sagte nicht viel, aber aus den wenigen Worten, die sie aufschnappen konnte, folgerte Elena, daß er mit dem Anwalt sprach. Maria kam die Treppe hinunter und begrüßte die Freundin mit einem liebevollen Kuß. Auch sie wartete gespannt auf das Ende des Telefonats.

„Geschafft!" jubelte Michael schließlich und warf die Arme hoch.

„Was ist denn, um Himmels willen?" drängte Maria. „Spann uns doch nicht so auf die Folter!"

„Marco ist draußen!" rief Michael triumphierend.

Elena schloß die Augen und preßte die Hände an die Brust. „Gott sei Dank", hauchte sie.

„Aber... wie..." fragte Carla stockend nach.

„Seine Unschuld ist erwiesen! Der Staatsanwalt ist den Ausführungen meines Anwaltes in jedem Punkt gefolgt." Berichtete Michael bereitwillig. „Marco war zum Glück nicht lange genug in der Firma beschäftigt und ein zu kleines Licht. Aber es kam noch ein weiterer Umstand hinzu." Plötzlich wurde sein Gesicht ernst, als er Carla ansah. „Dein Freund Charlie hat entscheidend dazu beigetragen, Marco zu entlasten."

„Charlie?" entfuhr es Elena. „Was hat er denn damit zu tun?"

154

„Nun, offensichtlich hat er noch ein paar Kontakte zu seiner früheren Szene, und die Sache mit Marco ging ihm wohl ziemlich an die Nieren", antwortete Michael. „Und anscheinend hatte er noch eine Rechnung mit einem der Drahtzieher offen, einem gewissen Stefano Testa. Das ist ein übler Hehler, dem auch Kontakte zur Mafia nachgesagt werden. Bei dieser Verhaftungsserie sollte er eigentlich mit dabeisein – aber er fiel mangels Beweisen heraus. Charlie ging zur Polizei und machte dort nicht nur eine ergreifende Szene wegen Marco, sondern bot sich auch als Vermittler zu einigen Informanten an, um Beweise zu beschaffen und Testa doch noch aufs Kreuz legen zu können. Gestern abend sollte der Kontakt stattfinden."

Carla tastete nach der Hand ihrer Mutter. „Und dann?" fragte sie leise. Das Gesicht ihres Vaters verhieß nichts Gutes.

„Nun... der Kontakt gelang. Aber bevor Testa verhaftet werden konnte, kam ein abgedunkelter Wagen von irgendwoher angerauscht, und er wurde erschossen", fuhr Michael langsam mit seiner Erzählung fort.

Carla preßte die Hand an die Lippen. Ihre Augen füllten sich mit Tränen. „Charlie..."

Michael nickte traurig. „Ihn hat es dabei leider auch erwischt, Carla. Er... starb noch auf dem Weg ins Krankenhaus."

„Oh, Papa..." Carla begann heftig zu schluchzen. Michael zog sie an sich und strich ihr tröstend über die Haare.

„Was für eine Tragödie", sagte Elena erschüttert. „Gerade hat er angefangen, sich ein neues Leben aufzubauen und jetzt... Ich fühle mich irgendwie schuldig an diesem schrecklichen Ereignis! Er ließ mir nämlich durch Carla ausrichten, daß er seine Schuld, die er mir gegenüber zu haben glaubte, auf jeden Fall bezahlen wolle..." Sie kämpfte heftig mit den Tränen, und Maria legte einen Arm um sie.

„Es war seine Entscheidung, Elena", sagte sie sanft. „Er wußte sicher genau, worauf er sich einließ."

„Aber es ist nicht gerecht!" klagte Elena.

„Was auf dieser Welt ist schon gerecht", murmelte Maria düster.

Ein paar Tage darauf packte Elena ihre Koffer.

Sie hatte Marco an jenem Tag vom Gefängnis abgeholt; er sah blaß aus und hatte ziemlich abgenommen. Auch er hatte Schuldgefühle wegen Charlie. Zusammen mit Carla und Franco war er zu Remo gefahren, um ihm sein Beileid auszusprechen. Remo war vollkommen erschüttert gewesen, aber er sprach seinen Stolz auf Charlie offen aus und ließ es nicht zu, daß lange Trübsal geblasen wurde. Das wäre sicher nicht in Charlies Sinne gewesen. Man sollte sich lieber mit Freude an diesen jungen Mann erinnern, der so gern gelacht hatte. Zu seinem Andenken sollte die Arbeit in der Resozialisierungskommune mit doppeltem Eifer fortgeführt werden.

Das Leben ging weiter. Carla und Marco würden diesen Schock überwinden lernen und eine weitere Erfahrung dazugewonnen haben.

Elena hatte nun endlich Zeit, über sich selbst nachzudenken und über das, was sie zu tun hatte.

Doch bevor sie soweit war, brauchte sie Abstand von allem. Ein paar Tage, um sich nur auf sich selbst zu besinnen, Entscheidungen zu treffen und den Kampf gegen den Krebs aufzunehmen.

Franco sah ihr verwirrt beim Packen zu. Er konnte ihre plötzliche Abreise nicht verstehen.

„Warum hast du denn vorher nichts gesagt?"

„Ich sagte doch schon, Franco, weil ich mich gerade eben erst dazu entschlossen habe." Sie drehte sich zu ihm um und legte ihm die Hände auf die Brust. „Du bist mein bester Freund, deshalb bitte ich dich auch, nicht weiter zu fragen. Die ganzen vergangenen Monate, ja, seit mehr als einem Jahr, stehe ich ständig unter Strom. Immer neue Schicksalsschläge haben mich dazu gezwungen, Stärke zu zeigen, zu kämpfen und für andere dazusein. Jetzt, wo gerade mal eine Pause eingetreten ist, brauche ich die Zeit für mich! Hier kann ich keine Ruhe finden, ständig ist doch etwas anderes los."

„Dann fliegst du nach Irland?" fragte er.

„Ja. Das ist mein Zufluchtsort. Ich brauche Abstand von allem. Ich muß wieder zu mir selbst finden."

Und eine Entscheidung treffen, fügte sie in Gedanken hinzu. Niemand wußte von der bevorstehenden Operation, nicht einmal Marco.

„Das verstehe ich doch, Elena. Ich war nur überrascht... und ich mache mir eben Sorgen um dich."

„Mir fehlt nichts, Franco. Ich brauche nur mal ein bißchen Erholung. Dann kann die Welt wieder untergehen." Sie lächelte und schloß den Koffer. „Es ist lieb, daß du dich um die Kinder kümmerst, so kann ich ganz unbesorgt abreisen. In ein paar Tagen bin ich wieder da."

„Aber darf ich denn nicht wenigstens..."

„He, du darfst mich zum Flughafen fahren, reicht das nicht?"

„Zufluchtsort?" schrie Maria wütend. „Du spinnst wohl völlig, oder was?"

Carla stand vor ihr, mit verstocktem Gesicht.

„Du bist 17, mein Kind, noch nicht einmal volljährig!" tobte Maria weiter. „Und das, ohne mich zu fragen! Nur durch diesen dummen Teppich aus der Garage, dessen Fehlen Ramon mir gemeldet hat, bin ich darauf gekommen! Was bildet ihr euch eigentlich ein, ihr beiden?"

„Wir wollten etwas für uns haben, wo uns niemand dreinredet!" schrie Carla zornig zurück. „Anders hält man das hier ja bald nicht mehr aus!"

Maria schien drauf und dran, ihrer Tochter eine Ohrfeige zu verpassen, doch sie bezähmte sich. „Du bist wohl vollkommen verrückt geworden", stieß sie zwischen zusammengebissenen Zähnen hervor. „O nein, mein Fräulein, so einfach geht das nicht. Warte nur, wenn dein Vater das erfährt, dann gibt es ein Donnerwetter, das sich gewaschen hat."

Sie drehte sich um und ging zur Tür. Dabei hob sie die Arme. „Es ist nicht zu fassen! Mieten die sich einfach eine Wohnung miteinander!"

„Jetzt ist es sowieso vorbei!" plärrte Carla hinterher. „Marco hat ja keine Arbeit mehr!"

Maria fuhr herum. „Oh, nicht nur deswegen ist es vorbei", schnaubte sie. „Ich werde heute noch dafür sorgen, daß dieser Vertrag sofort aufgelöst wird! Und du bereitest dich inzwischen besser auf die Auseinandersetzung mit deinem Vater vor!"

9

In Irland war der Herbst in diesem Jahr sehr frühzeitig gekommen, und die meisten Bäume hatten ihre Blätter bereits verloren. Die Sonne kämpfte blaß und unschlüssig gegen die düsteren Wolken an, die in dichten Bahnen über den Himmel zogen und alle Farben auslöschten.

Elena ging am Ufer des Sees entlang spazieren. Die Fischer, die ihre Boote gerade an Land zogen, winkten ihr zu, doch sie beachtete sie nicht. Sie war viel zu sehr mit ihren Gedanken beschäftigt.

Doch dann stockte ihr Schritt, als sie plötzlich Michael auf sich zukommen sah.

„Du hier?" sagte sie, nicht besonders erfreut. Sie wollte von niemandem gestört werden; nicht einmal Pietros Anwesenheit hätte sie jetzt gewünscht. Aber ausgerechnet Michael...

„Du hast mich einfach ohne ein Wort, ohne eine Erklärung verlassen", warf er ihr vor. „Warum? Ich bin vor lauter Sorge fast verrückt geworden. Was ist denn los?"

„Ich muß allein sein", antwortete sie kalt. „Warum kannst du das nicht verstehen?"

„Elena..."

Sie brachte ihn mit einer heftigen Handbewegung zum Schweigen. „Ich will endlich einmal wieder ein paar Tage Ruhe haben und nicht ständig verfolgt werden, am wenigsten von dir!"

Trotzig wie ein kleines Mädchen drehte sie sich um und lief davon. Als sie außer Atem kam, versteckte sie sich halb hinter einem umgestürzten Baum am Ufer des Sees.

Michael erreichte sie kurz darauf. „Wohin willst du jetzt wieder fliehen?"

„Dahin, wo ich allein sein kann..."

Er schüttelte völlig verständnislos den Kopf. „Elena, ich bin verzweifelt."

„Und daß ich verzweifelt sein könnte, kümmert dich nicht?" warf sie ihm vor.

„Deswegen bin ich doch hier."

Elena fuhr sich heftig durch die vom Wind zerzausten Haare. „Dieser Ort gibt mir Kraft. Das ist meine Welt, Michael, nicht deine! Ich muß einfach einmal für mich sein können!"

Michael näherte sich ihr. Sie hatte nicht die Kraft, ihm auszuweichen. Ihr Herz klopfte rasend, und jede Faser ihres Körpers schrie nach ihm. In diesem verzweifelten Moment liebte sie ihn so sehr, daß es sie schmerzte.

Aber was für eine Zukunft gab es denn schon für sie beide? Es war nicht möglich, es durfte einfach nicht sein!

„Elena, bittte, wir gehören doch zusammen", sagte er weich. „Erinnere dich doch! In der Nacht des Gewitters, unter dem Baum... da haben wir es beide gespürt, deutlicher denn je. Unsere Herzen schlagen im gleichen Takt!"

„Jetzt werd doch nicht auch noch pathetisch, das paßt nun wirklich nicht zu dir", schnappte sie. Sie mußte ihn mit Worten vertreiben, wenn sie ihr Körper schon im Stich ließ.

„Du weißt genau, wie ich bin." Sanft hob er eine Hand zu ihrem Gesicht, streichelte ihre Wange und blies eine Strähne aus ihrer Stirn.

Sie begann zu zittern. Wohlige Wärme breitete sich in ihr aus. Seine Berührungen waren wie kleine Stromstöße, die ein sinnliches Kribbeln auf ihrer Haut erzeugten.

„Ich liebe dich, Elena", sagte er leise. Er legte eine Hand in ihren Nacken und drehte ihr Gesicht zu sich. Zart küßte er sie auf den Mund. „Ich will mich ganz in dir verlieren, für immer. Egal, was du tust und was du sagst, Elena, wir beide gehören zusammen." Seine Hand glitt über ihren Rücken hinab, und dann zog er sie an sich. Sein Gesicht war jetzt ganz nah an ihrem.

Sie versuchte, etwas zu sagen, brachte jedoch kein Wort heraus. Sie konnte sich nicht mehr gegen Michael wehren, nicht, wenn er sie in seinen Armen hielt. Es tat so gut, den Kopf an seine breite

Brust zu schmiegen, sich in ihn hineinfallen zu lassen und seine Nähe zu spüren. Versunken lauschte Sie auf den ruhigen, gleichmäßigen Schlag seines Herzens. Sein herber, männlicher Geruch benebelte ihre Sinne.

Er küßte sie, zunächst noch abwartend, wie sie wohl darauf reagieren würde, und dann mit immer größerer Leidenschaft.

Am nächsten Morgen packte Elena gerade ihren Koffer, als Michael im selben Augenblick mit einem Tablett voller guter Sachen für ein Schlemmerfrühstück ins Schlafzimmer kam. Er war so verdattert, daß er einen Moment nur dastand und sie anglotzte. Dann erst erinnerte er sich an das Tablett in seinen Händen und stellte es ab.

„Was hast du vor?" fragte er verstört.

„Ich muß gehen", antwortete sie.

„Ich... ich verstehe nicht, warum! Du wolltest doch länger hierbleiben und..."

„Ja, ganz recht, Michael. Aber nicht mit dir."

Michaels Blick fiel auf das zerwühlte Bett. Eine leidenschaftliche Nacht lag hinter ihnen, voller Liebe und Zärtlichkeit. Keine Mauer, keine Schuldgefühle hatten zwischen ihnen gestanden. Es war fast so vertraut gewesen, als wären sie schon ein Leben lang zusammen.

„Das ist nicht dein Ernst", sagte er schließlich.

Aber Elena fuhr fort mit dem Packen.

„Du kannst doch nicht immer davonlaufen", fuhr er verzweifelt fort. „Elena, was soll das?"

„Das ist eben so", meinte sie. „Ich kann es nicht ändern."

In dieser Nacht hatte sie begriffen, daß sie sich ihrer Angst stellen mußte. Sie mußte diese Operation durchführen lassen, vielleicht auch noch eine zweite, wenn es notwendig war. Sie würde den Kampf gegen den Krebs aufnehmen – aber allein. Sie durfte Michael nicht damit belasten, das hatte er nicht verdient. Was, wenn sie den Kampf verlor und sie sterben mußte, schon nach kurzer Zeit? Was blieb ihm dann noch? Er hatte seine Familie verloren, seine Liebe, nur seine Arbeit war noch da. Er würde verbittern und zu einem eiskalten Geschäftsmann werden, für den nichts mehr zählte als Gewinn und Erfolg.

Nein, dazu durfte es niemals kommen. In dieser Nacht hatte sie erneut und endgültig Abschied von Michael genommen. Sie hatte keine Kraft, sich ihm zu entziehen, wenn er bei ihr war. Also mußte sie von ihm weggehen. Und dann so schnell wie möglich ins Krankenhaus.

Marco hatte schon einige Male vorgeschlagen, das Haus zu verkaufen und für immer ans Meer zu ziehen. Warum nicht? Lieber sollte Michael sie für ihren abrupten Weggang hassen, als daß er ihr Leid miterleben mußte.

Sie konnte es ihm nicht sagen, gerade weil sie ihn so sehr liebte. Er hatte dieses Mitleiden einfach nicht verdient. Es mußte endlich einmal Schluß sein mit all den Verwicklungen und Verwirrungen. Sollte es wieder zu einer Katastrophe kommen, durfte diesmal nur eine einzige Familie davon betroffen sein.

Ihr Herz blutete, als sie seinen Gesichtsausdruck sah. Etwas zerbrach in diesem Moment in ihm, und sie haßte sich selbst dafür. Aber sie mußte jetzt durchhalten.

Zum Glück hupte unten das Taxi. Hastig schleuderte sie die letzten Sachen in den Koffer und klappte ihn zu. „Ich muß jetzt los", rief sie gehetzt.

Einen Moment lang versperrte Michael ihr den Weg. Dann trat er zur Seite. Sie lief die Treppe hinunter und warf dem Taxifahrer den Koffer halb entgegen. Erst, als sie im Wagen saß, wagte sie einen Blick hinauf zum Fenster.

Aber Michael stand nicht dort. Er erschien auch nicht am Hauseingang.

Elena spürte, wie die Tränen aus ihren Augen quollen. „Fahren Sie schon!" fuhr sie den Fahrer erstickt an. „Zum Flughafen, schnell!"

Franco sah überrascht und erfreut hoch, als der Türschlüssel im Schloß umgedreht wurde und Elena hereinkam.

165

„Du bist schon zurück? Da hätte ich ja das Haus aufräumen müssen und..."

Doch Elena war gar nicht nach Scherzen zumute. Sie war erschöpft von dem Flug und den vielen Gedanken unterwegs. Sie war weggefahren, um sich zu erholen, doch jetzt kam sie völlig erschöpft zurück.

„Wie konntest du mir das antun?" fiel sie über Franco her.

Er machte sofort ein schuldbewußtes Gesicht, denn er wußte natürlich, wovon sie sprach. „Ich mußte es ihm sagen, Elena. Er rannte zwei Tage lang wie ein Irrer in der Gegend herum. Er war völlig verzweifelt und außer sich."

„Aber durch dieses Wiedersehen ist doch alles nur noch schwieriger geworden!" rief sie. Sie strich erschöpft über ihre Stirn und ließ sich dann auf das Sofa fallen. „Franco, damit hast du alles nur noch schlimmer gemacht."

„Elena, was sollte ich denn machen", sagte er sanft. „Michael war schon ganz krank vor Liebe. Er war halb verrückt vor Sorge um dich. Ich konnte doch nicht einfach tatenlos dastehen und ihm dabei zusehen, wie er sich zugrunde richtet. Ich hoffte, daß ihr in Irland über alles sprechen könntet und..."

„Aber, Franco, gerade du solltest doch die ganze Situation besser kennen!" stöhnte Elena wieder. „Er

166

ist wie bei dir und Maria. Die beiden werden sich nie trennen! Sie sind viel zu sehr gefangen in ihrer Festung!"

„Ich glaube aber, daß Michael bereit wäre, zu dir zu kommen, wenn du ihm nur ein kleines Zeichen gibst", widersprach er.

„Das kann ich nicht", lehnte Elena bestimmt ab. „Gerade das kann ich nicht, und deswegen bin ich doch nach Irland geflogen. Ich wollte von dort aus alles klären! Du kannst ja auch nicht wissen, worum es mir eigentlich geht..."

„Doch", sagte Franco langsam und bestimmt, „das weiß ich genau."

Überrascht sah sie ihn an. „Was..."

„Kurz nach deiner überstürzten Abreise nach Irland ist der arme Marco zusammengeklappt. Er hat sich nämlich auch Sorgen gemacht, verstehst du? Aber du redest ja mit niemandem. Du stößt lieber alle vor den Kopf und ziehst dich zurück!"

„Du hast kein Recht, so mit mir zu reden!" protestierte sie.

„Als dein Freund habe ich jedes Recht dieser Welt dazu", schnitt er ihr entschlossen das Wort ab. „Marco erzählte mir von deiner Biopsie und daß das Ergebnis längst da sein müsse, du aber nicht mit ihm darüber gesprochen hättest. Also haben wir Dottoressa Tealdi angerufen."

„Und sie hat es euch gesagt?"

167

„Marco kann ziemlich überzeugend sein, vor allem, wenn er verzweifelt ist. Wir wissen also mittlerweile alles, Elena. Wir haben sogar einen Termin bei der Ärztin für dich vereinbart, und dorthin werden wir alle gemeinsam gehen. Hattest du denn wirklich vor, das alles ganz allein durchzustehen?"

Sie schlug die Augen nieder. „Es ist doch besser so", murmelte sie. „Warum sollt ihr ebenso viele Ängste durchstehen müssen wie ich..."

„Elena, du meinst das sicher edelmütig, aber es ist einfach nur dumm", tadelte Franco sie sanft. „Du bist der stärkste Mensch, den ich kenne, stärker sogar noch als Michael. Ich bewundere euch beide über alles. Aber was euch selbst betrifft, seid ihr so hilflos wie Kinder. Ihr lauft einfach davon und glaubt, das würde ausreichen. Ihr widmet eure ganze Kraft der Unterstützung anderer und merkt gar nicht, wie euch das allmählich zerstört! Du bist doch mittlerweile mit deiner Kraft am Ende, meine Liebe, mach mir nichts vor."

Er setzte sich neben sie aufs Sofa. „Du bist hohlwangig und zerstreut. Du leidest furchtbar unter deinem Liebeskummer und hast – verständlicherweise – Angst um dein Leben. Elena, in den letzten Monaten hast du fast Übermenschliches geleistet. Alle Widerstände hast du mit einer Bravour gemeistert, die man nur bewundern kann. Aber jetzt – jetzt ist es genug."

Er legte den Arm um ihre Schultern und zog ihren Kopf an seine Brust. „Jetzt läßt du dich endlich einmal fallen und vertraust deinen Kummer einem anderen an. Damit zeigst du keine Schwäche, Elena, und kein anderer wird dadurch einen Schaden erleiden."

Sie entspannte sich allmählich und schloß die Augen. Ein leises Schluchzen drängte sich aus ihrer Kehle.

„Weißt du, ich habe nachgedacht, nachdem ich das von deiner Krankheit erfahren habe", fuhr Franco fort. „Vielleicht hast du recht, und es gibt für uns beide wirklich keine Hoffnung, daß unsere Liebe eine Zukunft hätte. Deshalb... sollten wir uns überlegen zusammenzubleiben. Du, ich und die Kinder. Wir könnten doch heiraten."

Sie hob den Kopf und starrte ihn völlig verwirrt an. „Wie bitte?"

„Ich meine es ernst, Elena. Pietro hätte einen Vater, und wir beide müßten uns nicht mehr einsam fühlen. Wir verstehen uns sehr gut. Und sollte... sollte dir etwas passieren, dann wären deine Kinder versorgt. Ich werde für sie da sein, egal, was auch passiert. Du bräuchtest dir deswegen keine Sorgen mehr zu machen und könntest dich ganz auf dich konzentrieren und auf deinen Kampf. Denn das willst du doch, nicht wahr?"

Ihr gelang ein schwaches Lächeln. „Natürlich will ich das. Du kennst mich doch!"

„Also. Dann überlaß den Rest einfach mir. Ich kann das ganz gut, weißt du."

Jetzt konnte sie sogar wieder lachen. „Schaumschläger!"

Er freute sich, sie aufgeheitert zu haben. „Wirst du es dir überlegen?"

„Ja, Franco. Ich gebe dir die Antwort gleich nach der Operation, wenn wir noch nicht einmal den Befund kennen, einverstanden? Ich möchte nur eines nach dem anderen in Angriff nehmen."

„Wunderbar", sagte Franco. „Dann rufe ich gleich morgen bei Stefania an und sage ihr, daß wir früher kommen. Sie hat gesagt, daß sie sofort einen Termin für dich einrichten kann, weil dein Fall so dringend ist."

„Hast du Marco schon von deinem Heiratsantrag erzählt?" fragte sie lauernd.

„Nun, äh... ja", gestand er leicht verlegen. „Ich mußte mich doch erst vergewissern, daß er nichts dagegen hat und es von seiner Seite keine Komplikationen gibt..."

„Du bist mir vielleicht einer", seufzte sie. „Dann brauche ich meinen Koffer ja gar nicht auszuräumen, sondern nur etwas umzupacken..."

Sie stand auf, um ihren Koffer zu holen. Dann verharrte sie plötzlich und drehte sich zu Franco um. „Ach, was soll das ewige Hin und Her, Hinauszögern und Herumgrübeln!" sprudelte es auf einmal aus ihr

170

heraus. „Franco, du sollst meine Antwort jetzt sofort erhalten: Ja, ich will."

Er sprang auf, ging ungläubig auf sie zu und ergriff ihre Hände. „Elena!"

„Was ist?" fragte sie verschmitzt. „Bekomme ich denn nicht einmal einen Kuß?"

10

Stefania Tealdi zeigte sich überaus erleichtert, als Elena zusammen mit Franco und Marco bei ihr vorbeikam. Sie hatte bereits alles mit der Klinik arrangiert. Elena konnte sich schon morgen dort einfinden, und sie hatte nichts dagegen. Jetzt, da ihre Entscheidung endlich gefallen war, hatte sie es plötzlich eilig.

Franco rief sofort danach bei Maria an und bat sie um ein Treffen.

Sie sagte zu, und sie trafen sich in einem Park, um dort während eines Spaziergangs miteinander zu reden.

„Ich war heute mit Elena bei Dottoressa Tealdi", begann Franco mit seiner „Beichte". Als er Maria alles von Anfang bis Ende berichtet hatte, war sie natürlich entsprechend geschockt, denn bis zu diesem Zeitpunkt hatte sie von Elenas Zustand nicht einmal etwas geahnt. Und immerhin war sie ja ihre beste Freundin.

„Steht es sehr schlimm um sie?"

„Bis jetzt nicht. Wir müssen den Befund nach der Operation abwarten, erst dann wissen wir, ob wir Grund zur Freude oder zur Trauer haben." Franco holte tief Luft. Das nächste, was er zu sagen hatte, fiel ihm nicht leicht. „Ja, und aus diesem Grund haben wir auch eine gemeinsame Entscheidung getroffen. Wir werden heiraten."

Marias Schritt stockte zwar kurz, doch sie fing sich schnell wieder. „Aber warum denn?" fragte sie tonlos.

„Ist das nicht offensichtlich?" gab er fast erstaunt zurück. „So kann ich für sie und die Kinder sorgen. Außerdem verstehen wir uns sehr gut."

„Ja, aber... was ist mit der Liebe?"

„Liebe? Das fragst gerade du, Maria? Du hast mich doch erst zu der Einsicht gebracht, daß Liebe keine große Zukunft bietet!"

„Willst du damit etwa sagen, daß ich daran schuld bin?" fragte sie betroffen.

„Ich will damit sagen, daß nur du mich davon abhalten könntest", sagte er ruhig.

Maria schwieg und ging weiter.

Franco wartete einige Zeit auf eine Antwort, dann fügte er bitter hinzu: „Ich glaube jedoch, daß du das nicht tun willst."

Maria war immer noch geschockt als sie wieder in ihrer Wohnung war. Ruhelos wanderte sie im Salon auf und ab und konnte es gar nicht erwarten, daß Michael endlich nach Hause kam. Er hatte vom Flughafen aus auf den Anrufbeantworter gesprochen, daß er bald eintreffen würde.

173

Als er das Haus betrat, wirkte er sehr angespannt und müde. Er sah blaß aus und hatte tiefe Ringe unter den Augen.

„Ich bin müde. Ich gehe gleich schlafen", sagte er nach einer kurzen Begrüßung.

„Bitte, warte noch", bat Maria. „Ich muß dir etwas sagen."

Ergeben folgte er seiner Frau in den Salon und setzte sich, während er erschöpft an seinen Schläfen rieb.

„Es ist etwas, mit dem du bestimmt nicht gerechnet hast", fügte Maria jetzt hinzu.

„Und?" Er zeigte nur wenig Interesse. Aber das würde sich sicher gleich ändern.

„Franco hat sich heute mit mir getroffen, um sich mit mir auszusprechen. Er und Elena werden demnächst heiraten."

Michael hob langsam den Kopf. Es dauerte eine ganze Weile, bis er endlich reagierte. „Du machst einen Witz, oder."

„Denkst du, danach ist mir jetzt zumute?" gab sie zurück.

„Wie kommt das auf einmal? Sind die beiden verrückt geworden?"

„Nein, das glaube ich nicht. Es gibt einen ziemlich ernsten Grund dafür. Ich weiß nicht, ob es richtig ist, dir das zu sagen... aber da ist etwas, das du nicht weißt."

Michael blinzelte müde mit den Augen. Was konnte denn jetzt noch kommen? „Etwas noch Ernsteres als diese Heirat?"

„Stört es dich?" fragte sie scharf.

„Nein", sagte er schnell. „Es kommt nur so überraschend..."

Maria lächelte bitter. „Für mich auch. Obwohl, wenn man Elenas Lage bedenkt..."

Jetzt war er alarmiert. „Welche Lage denn?"

„Franco hat mich gebeten, darüber zu schweigen, weil Elena es so will... aber ich muß es dir jetzt sagen."

Michaels Blick wurde ängstlich. „Was denn?" fragte er langsam.

Am nächsten Morgen war Elena sehr früh auf den Beinen. Die Schule hatte wieder angefangen, und sie wollte Pietro wie immer versorgen. Marco wollte ihn gleich zur Schule bringen, während Franco später vorbeikommen und sie in die Klinik fahren wollte.

So war alles geregelt. An diesem Morgen fühlte sie sich weder ängstlich, noch fürchtete sie sich vor der Zukunft. Irgendwie ging es immer weiter, und jetzt war sie nicht mehr allein.

Fast heiter packte sie Pietros Schulranzen und strich ihm liebevoll über den dunklen Kopf. An der Haustür winkte sie ihm nach.

175

Bevor sie wieder ins Haus gehen konnte, stand plötzlich Michael vor ihr.

„Hast du mich abgepaßt?" entfuhr es ihr unwillkürlich.

„Ja", gab er zu. „Wir müssen reden."

„Ich wüßte nicht, worüber."

Er blieb hartnäckig. „Elena, ich weiß alles."

Sie musterte ihn. „Was alles?"

„Daß du Franco heiraten willst... und weswegen."

Elena schlug die Augen nieder. Sie konnte nicht einmal jemandem einen Vorwurf machen. Früher oder später hätte Michael es ohnehin erfahren. Doch weshalb war es nicht möglich, einmal eine Sache ohne Komplikationen anzugehen? Es hätte doch gereicht, wenn er erst nach der Operation davon in Kenntnis gesetzt worden wäre.

Michael ergriff ihre Hände. „Warum hast du mir das nicht erzählt? Hast du etwa gedacht, ich würde dich dann verlassen?"

Sie versuchte schnell, ihm ihre Hände zu entziehen. „Michael, es ist schon schwer genug... Ich will jetzt nicht darüber sprechen!"

„Aber warum denn nicht? Weshalb darf ich nicht an deiner Seite sein?"

„Ich kann das nicht zulassen. Es geht einfach nicht."

Seine Stimme nahm einen beschwörenden Klang an. „Ich will alles mit dir teilen und alles mit dir zusammen mitmachen."

176

Sie schüttelte den Kopf. „Ich möchte das nicht, Michael. Ich will nicht, daß deine Liebe sich in Mitleid verwandelt. Ich will etwas, das Zukunft hat... für uns alle. Für dich, Maria, Franco, mich und vor allem für die Kinder. Warum erkennst du nicht, daß das die einzig mögliche Entscheidung ist?"

Er hob die Hände, um ihr Gesicht zu berühren, aber sie wich zurück.

„Geh, Michael!" rief sie verzweifelt. „Geh endlich!" Sie rannte plötzlich ins Haus und schlug die Tür hinter sich zu.

Michael blieb lange davor stehen, reglos und still.

Die Operation verlief gut, und Elena durfte nach wenigen Tagen wieder nach Hause. Doch sie war sich im klaren darüber, daß sie die Zeit des Wartens irgendwie überbrücken mußte. Hier, mitten in dem ständigen Trubel und vor allem in der Nähe der Gilberts, war es unmöglich, sich zu erholen und dabei auf ihr „Urteil" zu warten. Außerdem hatte sie Angst vor einer neuerlichen Konfrontation mit Michael.

Sie fühlte sich so schwach und kraftlos wie noch nie zuvor in ihrem Leben. Die Sehnsucht nach ihrer alten Heimat ergriff sie heftiger denn je. Sie mußte unbedingt nach Irland! Nur dort konnte es in dieser Situation Trost und Heilung für sie geben. Und diesmal wollte sie so lange bleiben, wie sie brauchte, um sicher zu sein, daß absolut nichts sie mehr erschüttern konnte.

Michael mochte durchaus recht damit haben, daß sie immer davonlief. Aber was sollte sie sonst machen? Anders konnte sie sich ihm nicht entziehen.

„Ich möchte sofort nach Irland fliegen", sagte sie zu Franco.

„Ja, das ist auch in meinem Sinne", entgegnete er. „Ich wollte dir denselben Vorschlag machen und habe schon zwei Plätze für uns reserviert."

Sie lächelte. „Das ist gut." Dann konnte sie dort wenigstens nicht mehr von Michael überfallen werden. Vielleicht fand sie dort auch endlich wieder den Weg aus der Dunkelheit zurück ins Licht.

Unwillkürlich fuhr ihre Hand zu der frischen Operationswunde, und sie verzog das Gesicht.

„Hast du Schmerzen?" fragte Franco besorgt.

„Nein, eigentlich nicht. Es zieht nur ein bißchen, aber das sind die Fäden. Sie haben mir gesagt, daß nur ein winziger Schnitt nötig war, und ich glaube das." Sie setzte ein betont fröhliches Gesicht auf. „Was ist denn? Müssen wir nicht langsam die Koffer packen?"

Die beiden waren abgeflogen. Maria hatte Pietro gern unter ihre Obhut genommen. Der Junge freute sich sehr darüber, endlich einmal für lange Zeit Tag und Nacht mit Sandro zusammensein, in einem

Zimmer schlafen und gemeinsam zur Schule fahren zu dürfen.

Sie sind wirklich wie Brüder, dachte Maria zärtlich, als sie die beiden beim Spielen beobachtete.

Sie rief bewußt nicht in Irland an. Elena brauchte diese Zeit sehr dringend, um Abstand zu gewinnen, und Franco ebenso. Maria ging davon aus, daß es ihrer Freundin gutging. Sie war zäh und besaß einen viel zu starken Willen, um plötzlich schwach zu werden und aufzugeben. Außerdem war die medizinische Versorgung in Irland gut. Sollte sich die Wunde also entzünden oder eine ähnliche Komplikation auftreten, war sie dort gut aufgehoben.

Maria wäre selbst gern für eine Weile verreist. Haus und Garten kamen ihr auf einmal viel zu eng und zu stickig vor. Der Herbst brachte auch im südlichen Rom an manchen Tagen Schmuddelwetter, was sich sofort auf die Laune auswirkte.

Hinzu kam, daß Michael seit Elenas Operation nicht mehr derselbe war. Er war still, in sich gekehrt. Er ging zwar zur Arbeit, aber ohne rechte Freude. Er machte kaum mehr Überstunden und nicht eine einzige Dienstreise. Die meiste Zeit hockte er zu Hause herum und las Zeitung oder starrte grübelnd aus dem Fenster.

Nicht einmal mehr die Mitteilung über Marcos und Carlas heimliches „Nest" hatte ihn aus der Fassung bringen können. Er hatte die beiden zwar streng, aber ohne Zorn ins Gebet genommen, und damit war der Fall für ihn erledigt gewesen.

Es tat Maria weh, ihn so zu sehen. Wegen ihr hätte er niemals so gelitten, selbst zu Beginn ihrer Liebe nicht. Seine Leidenschaft für Elena war eine ganz andere; sie ging viel tiefer, verlor sich in Niederungen, die Maria nie ergründen konnte.

Doch andererseits, wie war es ihr denn ergangen? Hatte sie nicht auch bei Franco Gefühle empfunden, die sie nie für möglich gehalten hätte? Hatte er nicht allein mit der sanften Berührung seiner Hand auf ihrem Arm Saiten in ihr zum Klingen gebracht, wie es Michael niemals vermocht hätte?

„Ich erkenne dich nicht mehr wieder, Michael", sagte sie eines Tages zu ihm. „Diesmal ist es dir wirklich gelungen, mich zu überraschen."

Er ließ die Zeitung sinken und sah sie fragend an.

„Ja", fuhr Maria fort, „das ist das erste Mal, daß du auf etwas verzichtest... daß du nicht um etwas kämpfst, das du haben willst. Das paßt so gar nicht zu dir. Du hast sie einfach so gehen lassen, ohne überhaupt zu versuchen, sie zurückzuhalten."

Er raschelte nervös mit der Zeitung. „Bitte, Maria", flehte er. Er wollte vor ihr nicht seine Fassung verlieren.

„Du hast recht, entschuldige." Maria wandte sich zum Fenster und ließ es zu, daß die Tränen über ihre Wangen liefen. „Ich sollte auch aufhören, mich zu

180

quälen, aber ich kann nicht... ich muß unentwegt daran denken. Aber sie will nicht mit mir sprechen, Michael, und ich kann sie nicht dazu zwingen..."

Er schwieg. Kummervoll sah er auf die Zeitung, ohne zu lesen.

Maria wischte die Tränen fort, trat zu ihm und strich flüchtig über seine Haare. „Aber was mich am meisten schmerzt, ist, dich so zu sehen. Zum ersten Mal, seit ich dich kenne, bist du unfähig zu reagieren und gibst dich geschlagen..."

Michael gab sich einen merklichen Ruck. „Ach was, Maria, das ist doch keine Niederlage", sagte er betont ruhig. „Manchmal ist es eben unmöglich, die Dinge zu ändern. Und Elenas Wille ist..."

„Sie irrt sich!" fiel sie ihm ins Wort. „Sie irren sich alle beide! Denkst du etwa, daß sie zusammen glücklich werden? Daß sie es nicht irgendwann bereuen werden?"

Er ließ den Kopf sinken. „Ich weiß es nicht. Ich weiß nicht einmal mehr, was ich denken soll."

Maria nahm sein Gesicht in ihre Hände und zwang ihn, sie anzusehen. „Bitte, Michael, sag so etwas nicht. Schau uns an, dich und mich! Glaubst du immer noch, daß Elena recht hat? Daß sie jedesmal recht hatte, wenn sie uns wieder zusammenbrachte?"

Er stand auf und nahm sie fest in seine Arme. „Ich habe doch alles versucht, Maria, mehr kann ich einfach nicht mehr tun..."

181

In diesem Moment hämmerte jemand heftig gegen die Scheibe der Verandatür, und die beiden fuhren erschrocken zusammen.

„Marco!" rief Michael ahnungsvoll. Er hastete zur Tür. „Um Gottes willen, was ist geschehen?"

Der junge Mann war ganz außer Atem, sein Gesicht hochrot vor Aufregung. Er wedelte mit einem Fetzen Papier in der Hand.

„Ich muß mit euch reden!" rief er. „Sofort!"

Das Ehepaar Gilbert setzte sich gefaßt nebeneinander aufs Sofa und erwartete die Botschaft. Was für eine es auch immer sein mochte.

Marco hatte Tränen in den Augen. „Es ist einfach nicht zu fassen", stieß er hervor. „All das... für nichts!"

„Marco, wenn du jetzt nicht sofort mit der Sprache herausrückst, bringe ich dich um!" schrie Maria außer sich.

Marco lachte unter Tränen. „Elena ist gesund! Es ist vorbei! Versteht ihr? Hier ist der Befund, ich habe ihn gerade aufgemacht... sie haben alles herausgeschnitten, und es besteht absolut keine Gefahr mehr! Sie hat nur noch eine Nachuntersuchung über sich ergehen zu lassen, aber dann ist es vorbei! Endgültig! Sie ist gesund!"

Michael sank in sich zusammen wie ein alter Mann und murmelte ein Dankgebet.

Maria schlug immer wieder die Hände zusammen, und ihre Gesichtsfarbe wechselte hektisch zwischen

182

krebsrot und leichenblaß. „Marco, das ist... das ist die wundervollste Nachricht aller Zeiten!" hauchte sie.

„Ja, und deshalb habe ich euch auch nicht angerufen, sondern bin gleich selbst vorbeigekommen", fuhr Marco fort. Hinter ihm tauchte auf einmal Carla auf, ungewöhnlich schüchtern und zurückhaltend.

„Jetzt wird es Zeit, daß die Dinge endlich geregelt werden – und zwar so, wie es sich gehört! Ihr seid absolut unfähig, etwas zu tun, also werde ich das Ganze in die Hand nehmen und euch die Augen öffnen!" Marcos Tonfall wurde immer leidenschaftlicher.

„Wißt ihr, der Verlust meines Vaters, dann die Sache mit meiner Verhaftung... und Charlies Tod, all das hat mich dazu gebracht, einmal etwas intensiver nachzudenken. Ich weiß, ich bin noch sehr jung, aber die Erfahrungen, die ich in letzter Zeit gesammelt habe, geben mir das Recht so zu sprechen."

Er stellte sich aufrecht vor die Gilberts hin und sagte laut und deutlich: „So geht es nicht mehr weiter!"

Er deutete auf Maria. „Du liebst Franco, und du", er deutete auf Michael, „du liebst Elena. Und die beiden lieben euch. Und was tut ihr? Anstatt eurem Herzen zu folgen, versteckt ihr euch voreinander und macht nur idiotische Sachen! Franco und Elena sitzen todunglücklich in Irland und planen ihre

Hochzeit, weil beide davon ausgehen, daß Elena todkrank ist. Aber das ist sie nicht! Und deshalb werden wir jetzt endlich die richtigen Entscheidungen treffen."

Marco zog Carla an seine Seite. „Wir haben vorhin beide über dieses Dilemma gesprochen und sind übereingekommen, daß ihr immer nur an uns gedacht habt. Aber wir beide sind mittlerweile fast erwachsen, und wir lieben uns. Pietro und Sandro sind wie Brüder und unterscheiden ohnehin kaum mehr zwischen unseren beiden Familien. Also, warum habt ihr dann nicht endlich mal den Mut und sprengt eure Fesseln?"

Maria und Michael sahen sich an, bevor sie wieder fassungslos auf Marco starrten.

„Die ganze Zeit über stand Elena im Mittelpunkt", sprach Marco temperamentvoll weiter. „Wir haben alle Probleme bei ihr abgeladen und darauf gewartet, daß sie alles in Ordnung bringt. Sie war unser ruhender Pol, in ihr lag unsere Stärke. Sie wußte auch immer einen Ausweg. Jetzt aber kann sie nicht mehr. Nun ist sie es, die uns braucht! Wir dürfen nicht länger herumsitzen und uns bemitleiden. Ihr behauptet doch immer, moderne Erwachsene zu sein. Also, verhaltet euch auch so! Löst euch aus den Konventionen, macht euch frei von euren Verpflichtungen! Wir alle können glücklich werden, wenn sich endlich jeder zu der Liebe bekennt, die er emp-

184

findet – und trotzdem können wir Freunde sein, wie eine einzige große Familie!"

Er verstummte, vollkommen außer Atem. Erwartungsvoll sah er Maria und Michael an.

„Papa", meldete sich Carla schüchtern zu Wort. „Ich habe dir aus Eifersucht oft das Leben schwer gemacht. Ich habe oft Angst gehabt, dich zu verlieren... dabei ist das gar nicht möglich. Ich habe eingesehen, daß man eine vergangene Liebe nicht mehr erzwingen kann, und ich will, daß ihr deswegen nicht länger unglücklich seid und euch streitet."

„Ja, aber... was schlagt ihr denn dann vor?" stammelte Maria völlig entgeistert.

Marco grinste vergnügt. „Wir fahren einfach alle nach Irland! Das Wochenende steht vor der Tür, also werden nicht einmal die beiden Jungs in der Schule fehlen. Wir überraschen die beiden Trauerklöße ganz einfach und sorgen dafür, daß endlich mal wieder Freude herrscht!"

Elena war gerade dabei, an ihrem Brautkleid Maß zu nehmen. Es handelte sich um ein Erbstück ihrer irischen Familie, das nur leicht abgeändert werden mußte. Trotzdem empfand sie keine rechte Freude dabei. Es würde kein großes Fest geben bei ihrer Hochzeit. Vermutlich würde es ein Tag sein wie jeder andere.

185

Sie hatte sich inzwischen gut erholt, körperlich jedenfalls. Aber erstaunlicherweise war ihr und Franco irgendwann der Gesprächsstoff ausgegangen, und jeder hing nur noch seinen eigenen Gedanken nach.

Der noch ausstehende Befund hing drohend wie ein Damoklesschwert über ihnen. Erst wenn diese Hürde überwunden war, würden sie wissen, was zu tun war. Doch bis dahin...

Elena wandte sich verdutzt zum Fenster, als sie von draußen die Klänge irischer Musik hörte. Sie blickte neugierig hinaus und traute ihren Augen kaum, als sie sah, wie in Windeseile eine Menge Tische und Bänke aufgestellt wurden. Zudem wurden Unmengen an Platten mit Gerichten und gewaltige Bierfässer herbeigeschleppt. Fast das ganze Dorf schien hier geschäftig umherzuwuseln und alles für ein großes Fest vorzubereiten.

„Franco!" rief sie ohne sich umzudrehen. „Hast du das etwa arrangiert?"

„Nein", erklang eine ruhige, wohlvertraute dunkle Stimme hinter ihr, „das war ich."

Elena fuhr herum.

Michael lächelte. „Ich bin nicht allein gekommen, Elena. Die ganze Familie ist hier. Sieh nur mal nach unten."

Sie gehorchte und entdeckte unter all dem Getümmel tatsächlich die beiden Jungen, die zwischen all den Erwachsenen umherrannten. Marco und Carla beteiligten sich am Aufbau des Büfetts. Und am Rand standen Maria und Franco und waren völlig in ihr Gespräch vertieft. Er hielt ihre Hände, und sie sahen sich tief in die Augen.

„Aber... aber..." stotterte Elena völlig verblüfft.

Michael trat von hinten an sie heran und legte seine Arme um sie, sie sanft wiegend. „Es ist endlich alles in Ordnung, meine Geliebte", sagte er. „Marco hat uns eine Standpauke gehalten, und wir haben endlich das Richtige getan. Das allerwichtigste aber ist: du bist gesund! Der Befund ist negativ!"

Elena schloß die Augen und lehnte den Kopf zurück an seine Brust. „Das ist wie ein Traum..." flüsterte sie dankbar.

„Nein, es ist die Wirklichkeit. Und ich halte dich fest, damit du mir nicht wieder davonläufst. Ich werde dich den Rest meines Lebens festhalten, und zwar so, daß du nicht mehr fortkannst und dir aber auch nicht eingesperrt vorkommst", murmelte er zärtlich an ihrem Ohr. „Du bist gesund, du bist jung, und du hast noch viel vor dir... eine glückliche Zukunft nämlich. Vorausgesetzt, du bist bereit, den Preis dafür zu zahlen: Mich zu deinem Mann zu nehmen. Willst du das, Elena?"

Sie drehte sich zu ihm um. „All die vielen Worte", sagte sie lachend. „Willst du mich nicht endlich mal küssen?"

Er küßte sie gerade in dem Moment, als die Musik draußen erneut einsetzte, temperamentvoll und mitreißend. Jetzt wurde das erste Faß angezapft.

Rufe wurden laut, die nach Michael und Elena verlangten.

Aber die beiden störte das herzlich wenig. Versunken hielten sie einander umschlungen und küßten sich.

gefühlvoll

Das Ehepaar Maria und Michael Gilbert ist seit vielen Jahren glücklich verheiratet. Sie haben zwei reizende Kinder, eine Luxusvilla in Rom und sind im Begriff, ein Ferienhaus an der irischen Küste zu erstehen. Doch der Schein trügt. Michaels Welt gerät völlig durcheinander, als Elena Amati in sein Leben tritt ...

Der Roman zur erfolgreichen Serie im ZDF

dramatisch

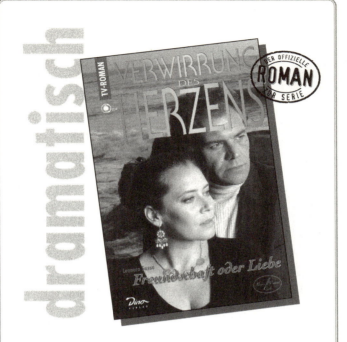

Maria Gilbert gibt ihren Ehemann Michael frei. Dieser kann sich endlich zu seiner Liebe bekennen und fliegt zu Elena Amati nach Irland. Doch dann überschlagen sich die Ereignisse. Maria erwartet ein Kind von Michael. Elena will den Gilberts nicht im Wege stehen ...

Der Roman zur erfolgreichen Serie im ZDF